Albert Camus
Hochzeit des Lichts

Hochzeit des Lichts
Heimkehr nach Tipasa
Impressionen am Rande der Wüste

Aus dem Französischen von
Peter Gan und Monique Lang

ARCHE
PARADIES

Inhalt

Hochzeit des Lichts

Der Henker erdrosselte den Kardinal Carrafa mit einer Seidenschnur, die zerriss: Er musste zweimal von Neuem beginnen. Der Kardinal sah den Henker an, ohne ein Wort zu sagen.

Stendhal, *Die Herzogin von Palliano*

Hochzeit in Tipasa

Im Frühling wohnen in Tipasa die Götter. Sie reden durch die Sonne und durch den Duft der Wermutsträucher, durch den Silberkürass des Meeres, den grellblauen Himmel, die blumenübersäten Ruinen und die Lichtfülle des Steingetrümmers. Zu gewissen Stunden ist das Land schwarz vor lauter Sonne. Vergebens suchen die Augen mehr festzuhalten als die leuchtenden Farbtropfen, die an den Wimpern zittern. Der herbe Geruch der Kräuter kratzt in der Kehle und benimmt in der ungeheuren Hitze den Atem. Kaum kann ich am Rande der Landschaft die schwarze Masse des Chenoua-Gebirges erkennen, das sich aus den dorfumschließenden Hügeln erhebt und in ruhig gewichtigem Rhythmus vorrückt, um sich im Meer niederzulassen.

Wir kommen durch das Dorf, das bereits am Rande der Bucht sichtbar wird. Eine Welt von Gelb und Blau tut sich auf und hüllt uns ein in den bittersüßen Sommergeruch der algerischen Erde. Rings branden die Bougainvillerosen über die Mauern. In den Gärten leuchtet das noch blasse Rot der Hibiskusbüsche, wuchern die dichten, rahmfarbenen Teerosen und blühen in schmalen

Reihen die hohen blauen Schwertlilien. Alle Steine sind heiß. Als wir aus unserem dottergelben Autobus steigen, machen die roten Wagen der Schlachter grade ihre morgendliche Rundfahrt und rufen mit ihren Trompetensignalen die Einwohner aus den Häusern.

Links vom Hafen führt eine Treppe aus ungemörtelten Steinen zwischen Mastix- und Ginsterbüschen zu den Ruinen. Dann läuft der Weg weiter, vorbei an einem kleinen Leuchtturm und verliert sich in der Ebene. Bereits am Fuß dieses Leuchtturms wuchern derbe, dickblättrige Pflanzen mit violetten, gelben und roten Blüten sich hinab zu den Felsklippen, an denen das Meer mit Kussgeräuschen schlürft und saugt. Aufrecht in dem leichten Wind, unter der Sonne, die uns nur eine Gesichtshälfte erhitzt, sehen wir das Licht vom Himmel herabströmen auf die glatte Spiegelfläche des Meeres, das uns mit seinen schimmernden Zähnen anlächelt. Zum letzten Mal, ehe wir das Reich der Ruinen betreten, sind wir Zuschauer.

Denn schon nach wenigen Schritten überwältigt uns der Duft der Wermutbüsche. Ihre graue Wolle bedeckt die Ruinen, so weit das Auge reicht. Ihr Saft gärt in der Hitze und verbreitet über das ganze Land einen Duftäther, der zur Sonne steigt und den Himmel schwanken macht. Wir gehen der Liebe und der Lust entgegen. Wir suchen weder Belehrung noch die bittere Weisheit der Größe. Sonne, Küsse und erregende Düfte – alles Übrige kommt uns nichtssagend vor. Ich möchte hier nicht allein sein. Oft bin ich hierhergekommen mit denen, die ich liebte, und habe auf ihren Gesichtern das leuchtende Lächeln der Liebe gelesen. Hier überlasse ich andern, an Maß und Ordnung zu denken, und gehöre ganz der ausschweifenden Ungebundenheit der Natur und des Meeres. Auf dieser Hochzeit der Ruinen und des Frühlings sind die Ruinen wieder Steine geworden, haben die ihnen von Menschen aufgezwungene Glätte verloren und sind wieder eingegangen in die Natur. Und die Natur hat verschwenderisch Blumen gestreut, die Rückkehr dieser verlorenen Kinder zu feiern. Zwischen den Fliesen des Forums erheben Heliotrope ihre weißen, runden Köpfe, und über die Trümmer – einst Häuser, Tempel und öffentliche Plätze – strömt das Blut der roten Geranien. Wie viel Wissen die Menschen wieder zu Gott zurückführt, so haben viele Jahre diese Ruinen ins Haus ihrer Mutter zurückgebracht. Heute gibt ihre Vergangenheit sie endlich frei; und nichts entzieht sie länger jener ewigen Kraft, die sie, wie alle fallenden Dinge, in sich zurücknimmt.

Wie viele Stunden habe ich damit verbracht, den Wermut zu zertreten, die Ruinen zu streicheln und das aufreizende Gemisch aus schwirrenden Stimmen und Düften tief in mich einzuatmen! Begraben unter den Gerüchen der wilden Kräuter und dem einschläfernden Geschrill der Insekten hebe ich Herz und Augen gegen die unerträgliche

Größe des gluterfüllten Himmels. Es ist nicht leicht, der zu werden, der man ist, und die eigene Tiefe auszuloten. Beim Anblick aber der überdauernden Chenouaberge füllte mein Herz sich mit seltsam beruhigender Gewissheit. Ich lernte atmen, ich ordnete mich ein und erfüllte das eigne Maß.

Ich kletterte auf verschiedene Hügel, und jeder hielt eine Belohnung für mich bereit: hier den Tempel, dessen Säulen die Bahn der Sonne messen und von dem aus man das ganze Dorf, seine weißen und rosigen Mauern und seine grünen Lauben überblickt, dort die Basilika auf dem Osthügel, um deren gerettete Mauern, ausgegraben in weitem Kreis, lauter Sarkophage stehen, größtenteils eben erst aus der Erde geholt und halb ihr noch zugehörend. Einst bargen sie Leichen; jetzt wachsen Salbei und Goldlack in ihnen. Sainte-Salsa ist eine christliche Basilika; blickt man aber durch irgendeine Öffnung ins Freie, so dringt alsbald das Lied der Welt herein: die Hügel mit ihren Zypressen und Kiefern, oder das Meer, das seine weißen Hunde kaum zwanzig Meter von hier den Strand hinaufhetzt. Der Hügel, auf dem Sainte-Salsa steht, ist oben flach, sodass der Wind kräftiger durch ihre Säulengänge weht. Unter der Morgensonne wiegt sich ein großes Glück im Raume.

Wie arm sind Menschen, die Mythen brauchen. Hier trifft man die Götter wie Ruhepunkte im Lauf der Tage. Ich sage: »Dies Ding ist rot und jenes blau und jenes grün. Hier ist das Meer und dort das Gebirge, und dort sind Blumen.« Wozu brauche ich von Dionysos zu reden, um zu sagen, wie gern ich die Mastixkügelchen unter meiner Nase zerdrücke. Ist jener alte Hymnus wirklich der Demeter geweiht, an den ich dereinst ohne Bedauern denken werde: »Glücklich der Sterbliche auf Erden, der diese Dinge sah.« Sehen! Auf dieser Erde sehen! – Wie könnte man diese Lehre vergessen? Bei den Eleusinischen Mysterien genügte es, nach innen zu schauen. Ich aber weiß hier und jetzt, dass ich nie nahe genug an die Dinge der Welt herankommen werde. Nackt muss ich sein und muss dann, mit allen Gerüchen der Erde behaftet, ins Meer tauchen, mich reinigen in seinen Salzwassern und auf meiner Haut die Umarmung von Meer und Erde empfinden, nach der beide so lange schon verlangen. Und dann der Schock im Wasser, das Steigen der dunkelkalten klebrigen Flut; das Untertauchen und das Sausen in den Ohren, die strömende Nase und der bittere Mund; das Schwimmen, die wasserglitzernden Arme, die sich auftauchend in der Sonne bräunen und mit einer Drehung aller Muskeln wieder eintauchen ins Meer; das über meinen Leib hinströmende Wasser; der schäumende Tumult, den meine Füße entfesseln – und der verschwundene Horizont. Zurückgekehrt an den Strand, werfe ich mich in den Sand, gebe mich der Erde hin, fühle aufs Neue das Gewicht meines Fleisches und meiner Knochen und wage, betäubt von der Sonne, in langen Pausen einen Blick nach meinen Armen, wo aus der tröpfelnden Nässe trockne Hautstellen auftauchen mit Salzstaub und blondem Haarflaum.

Hier begreife ich den höchsten Ruhm der Erde: das Recht zu unermesslicher Liebe. Es gibt nur diese eine, einzige Liebe in der Welt. Wer einen Frauenleib umarmt, presst auch ein Stück jener unbegreiflichen Freude an sich, die vom Himmel aufs Meer niederströmt. Wenn ich mich jetzt gleich in die Wermutbüsche werfe und ihr Duft meinen Körper durchdringt, so werde ich bewusst und gegen alle Vorurteile eine Wahrheit bekennen: die Wahrheit der Sonne, die auch die Wahrheit meines Todes sein wird. Spiele ich nicht und verspiele hier mein Leben – ein Leben, das nach heißen Kieseln schmeckt und sich betäubt an dem girrenden Branden des Meeres und dem Geschrill der Grillen, die jetzt zu singen beginnen. Die Brise ist frisch, der Himmel ist blau. Ich liebe dieses Leben von ganzem Herzen und will frei von ihm reden: Ich danke ihm den Stolz, ein Mensch zu sein. Und doch hat man mich oft genug gefragt, worauf ich denn so stolz sei. Worauf? Auf diese Sonne und dieses Meer, auf mein von Jugend überströmendes Herz, auf meinen salzigen Leib und diese unermessliche Pracht aus Glanz und Glück, aus Gelb und Blau. Ich muss all meine Kräfte aufbieten, um dieser Fülle standzuhalten. Alles hier lässt mich gelten, wie ich bin; ich gebe nichts von mir auf und brauche keine Maske: Es genügt mir, dass ich, geduldig wie eine schwierige Wissenschaft, die so viel wichtiger ist als all die Lebenskunst der andern, lerne: zu leben.

Kurz vor Mittag kehren wir zurück durch die Ruinen und gehen in ein kleines Hafencafé. Wie wohltuend dieser schattige Saal und dieses große geeiste Glas mit grünem Pfefferminzlikör: Der Kopf schwirrt uns von den Zimbelschlägen des Lichts und seinen grellen Farben! Draußen blendet das Meer und die glühende staubige Straße. Ich sitze am Tisch und versuche mit meinen zwinkernden Augen das farbige Flimmern des weiß glühenden Himmels auszuhalten. Mit schweißnassen Gesichtern, aber frischen Gliedern genießen wir in unsern leichten Leinenkleidern nach hochzeitlicher Weltumarmung das Glück der Ermattung.

Das Essen in diesem Café ist schlecht; dafür herrscht Überfluss an Früchten, vor allem an Pfirsichen, deren Saft uns beim Hineinbeißen übers Kinn läuft. Die Zähne in der Frucht, höre ich mein Blut dumpf in den Ohren klopfen, und meine Augen trinken die Fülle des Lichts. Das Meer schläft in der ungeheuren Mittagsstille. Jedes schöne Wesen hat den natürlichen Stolz seiner Schönheit; und die Welt atmet heute diesen Stolz aus allen Poren. Und angesichts ihrer Pracht – warum sollte ich meine Lebensfreude verleugnen, selbst wenn ich nicht alles unter sie befassen kann? Es ist keine Schande, glücklich zu sein. Heutzutage aber ist der Dummkopf König, und ich nenne jeden einen Dummkopf, der sich vorm Genießen fürchtet. Man hat uns so viel vom Stolz gesprochen: der Sünde Satans. Gebt acht, hieß es, ihr richtet euch und eure lebendige Kraft zugrunde. Ich habe seitdem in der Tat begriffen, dass ein gewisser Stolz … Zu andern Zeiten aber kann ich's nicht lassen und sage aus vollem Herzen Ja zu jenem Lebensstolz, den diese ganze Welt mir einreden will. Wer in Tipasa sagt »ich sehe«, sagt auch »ich glaube«; und warum sollte ich verleugnen, was meine Hände berühren und meine Lippen liebkosen können! Ich fühle nicht das Bedürfnis, ein Kunstwerk daraus zu machen, sondern will nur erzählen, was nicht dasselbe ist. Tipasa kommt mir vor wie eine von jenen Romanfiguren, die man beschreibt, um mittelbar eine bestimmte Haltung zur Welt zu kennzeichnen: Wie jene legt es sein männliches Zeugnis ab. Heute ist es meine Romanfigur, und meine trunkene Lust, es zu umwerben und zu beschreiben, wird so bald kein Ende finden. Leben wie Zeugnis ablegen: Jedes hat seine Zeit. Schöpferisch arbeiten hat auch seine Zeit, was sich nicht ebenso von selbst versteht. Mir genügt es, wenn ich mit meinem ganzen Leibe leben und mit meiner ganzen Seele Zeugnis ablegen darf. Tipasa erleben, Zeugnis ablegen – das Kunstwerk kommt später, wie unsere Freiheit es will.

Nie bin ich länger als einen Tag in Tipasa geblieben. Stets kommt der Augenblick, wo man eine

Landschaft zu viel gesehen hat, wie es andrerseits lange braucht, bis man sie genug gesehen hat. Gebirge, Himmel und Meer sind wie Gesichter, deren Öde oder Pracht man nicht durch Sehen entdeckt, sondern durch Schauen. Indessen muss jedes Gesicht sich irgendwie erneuen, sonst sagt es uns nichts mehr. Wir beklagen uns, dass wir zu rasch ermüden, statt dankbar zu staunen, dass wir die Welt nur zu vergessen brauchen, um sie wie neu zu empfinden.

Gegen Abend ging ich zurück in den Park, und zwar in seinen gepflegteren, gartenähnlichen Teil neben der Autostraße. Die verwirrende Duft- und Farbenfülle war dahin; in der kühlen Abendluft beruhigte sich der Geist, und der entspannte Geist genoss jenes innere Schweigen, das eine Frucht gestillter Liebe ist. Ich setzte mich auf eine Bank und sah zu, wie der Tag und die Erde sich friedlich erfüllten. Ich war satt. Über mir ließ ein Granatbaum seine Knospen hängen: lauter kleine, fest geschlossene Fäuste, in denen die Hoffnung des Frühlings schlief. Hinter mir blühte Rosmarin; sein Alkoholgeruch verriet ihn. Ferne Hügel traten in den Rahmenumriss der Bäume und noch ferner ein schnurschmaler Streifen Meer, den wie ein stilles Segel der helle Himmel überstieg. Eine geheime Freude füllte mein Herz: das Glück eines ruhigen Gewissens – jenes Glück des Schauspielers, der seine Rolle gut gespielt und so vollkommen in Klang und Gesetz verleiblicht hat, dass sich das fremde, fertig vorausgegebene Schicksal ganz und genau in seinem eigenen Herzen vollzieht und erfüllt.

Und eben dies empfand ich: Ich hatte meine Rolle gut gespielt. Ich hatte meine Menschenpflicht getan und hatte einen ganzen langen Tag in Freude verbracht; und war mir so auch nichts Ungewöhnliches gelungen, ich hatte doch ergriffenen Herzens jenem Lebenssinn gehorcht, der uns bisweilen befiehlt, glücklich zu sein. Wir finden alsdann die Einsamkeit wieder – und sind es zufrieden.

Die Bäume waren nun voller Vögel. Die Erde atmete leiser, und das Dunkel wuchs. Gleich wird es, mit dem ersten Stern, Nacht werden, und die strahlenden Götter des Tages werden ihren täglichen Tod erleben. Andere Götter werden kommen. Ihre verwüsteten Mienen werden düsterer sein, obschon auch sie aus dem Herzinnern der Erde stammen.

Das unermüdliche Aufschäumen der Wellen am Strande kam jetzt von weit her zu mir durch die von goldenem Blütenstaub erfüllte Luft. Meer, Land, Stille und die Gerüche dieser Erde – ich trank ihren Duft und ihren Atem und biss in die goldene Frucht der Welt und fühlte erschauernd ihren starken süßen Saft mir über die Lippen laufen. Nein, ich zählte nicht, noch die Welt; nur die schweigsame Eintracht unserer Liebe galt, und ich war nicht so eitel, diese Liebe für mich allein zu beanspruchen, sondern war mir mit Stolz bewusst, sie mit einer ganzen Rasse zu teilen, deren Größe in ihrer schlichten Einfalt wurzelt und die an den Ufern des Meeres das strahlende Lachen des Himmels aufrecht mit brüderlich-dankbarem Lächeln erwidert.

Der Wind in Djemila

Es gibt Orte, wo der Geist stirbt um einer Wahrheit willen, die ihn verneint. Als ich nach Djemila kam, wehte es, und die Sonne schien; aber das ist eine andere Geschichte. Jetzt will ich nur sagen, dass eine drückende Stille über allem lag – reglos wie das Gleichgewicht einer Waage. Einige Vogelschreie, der gedämpfte Ton der dreigelochten Flöte, das Getrippel von Ziegen – all diese Geräusche brachten mir die Stille und Trostlosigkeit des Ortes erst zu Bewusstsein. Hin und wieder flog flügelklatschend und schreiend ein Vogel aus den Trümmern. Jeder Weg, jeder Pfad zwischen den Häuserresten, die großen gepflasterten Straßen zwischen den leuchtenden Säulen, das riesige, auf einer Anhöhe zwischen Triumphbogen und Tempel gelegene Forum – alle enden in jenen Schluchten, die von allen Seiten Djemila umgeben, das wie ein ausgebreitetes Kartenspiel unter dem endlosen Himmel liegt. Und dort ist man nun, einsam und umringt von Stille und Steinen; und der Tag geht hin, und die Berge wachsen und werden violett. Aber der Wind bläst über die Hochebene von Djemila. Mitten in diesem großartigen Durcheinander von Sonne und Wind und lichtgrellen Ruinen nimmt die schweigende Verlassenheit der toten Stadt den

Menschen mehr und mehr in sich hinein und verschlingt ihn.

Man braucht viel Zeit, um nach Djemila zu gelangen. Es ist keine Stadt, wo man haltmacht, um später weiterzufahren. Djemila führt nirgendwo hin und erschließt keinerlei Landschaft. Es ist ein Ort, den man wieder verlässt. Die tote Stadt liegt am Ende einer langen, vielfach gewundenen Straße, die immer wieder ihr Erscheinen verheißt und deshalb so ermüdend lang wirkt. Endlich, tief eingelassen zwischen hohen Bergen auf dem blassen Hochplateau, taucht das gelbliche Skelett eines Knochenwaldes auf: Djemila, Gleichnis und sichtbare Lehre, dass überall nur Geduld und Liebe uns bis ans klopfende Herz der Welt gelangen lassen. Dort, zwischen ein paar Bäumen, liegt die gestorbene Stadt und verteidigt sich mit all ihren Bergen und all ihren Trümmern gegen billige Bewunderung, malerisches Missverstehen und törichte Träume.

Den ganzen Tag waren wir in diesem dorrenden Glanz umhergeirrt. Langsam schien der Wind, den man am frühen Nachmittag kaum fühlte, mit jeder Stunde zu wachsen und das ganze Land zu füllen. Er kam von weit her aus einer Lücke zwischen den östlichen Bergen, eilte vom Horizont herbei und warf sich in jähen Sprüngen zwischen die sonnenglühenden Trümmer. Unermüdlich blies und jagte er durch die Ruinen, drehte sich in einer Kies- und Staubwolke im Kreise, hagelte auf die durcheinandergeworfenen Steinquadern nieder, schlang sich brünstig um jede Säule und stürmte mit gellem Geheul über das Forum, das wehrlos unterm Himmel lag. Ich flatterte wie ein Segel im Wind. Mein Magen zog sich zusammen; meine Augen brannten, meine Lippen sprangen auf, und meine Haut trocknete aus, bis ich sie kaum noch als meine empfand. Durch sie hatte ich sonst die Schrift der Welt, die Zeichen ihrer Huld oder ihres Zornes, entziffert, wenn ihr sommerlicher Atem sie erwärmte oder der Reif seine Frostkrallen in sie schlug. Jetzt aber, stundenlang vom Wind gepeitscht und geschüttelt, betäubt und ermattet, ging mir das Gefühl für die Oberfläche, die meinen Leib zusammenhielt, verloren. Der Wind hatte mich geschliffen wie Flut und Ebbe den Kiesel und hatte mich bis zur nackten Seele verbraucht. Ich war nur noch ein Teil von jener Kraft, die mit mir tat, was sie wollte, und mich immer entschiedener in Besitz nahm, bis ich ihr schließlich ganz gehörte, sodass mein Blut im gleichen Rhythmus pulste und dröhnte wie das mächtige allgegenwärtige Herz der Natur. Der Wind verwandelte mich in ein Zubehör meiner kahlen und verdorrten Umgebung; seine flüchtige Umarmung versteinte mich, bis ich, Stein unter Steinen, einsam wie eine Säule oder ein Ölbaum unter dem Sommerhimmel stand.

Dies gewaltsame Wind- und Sonnenbad erschöpft meine gesamte Lebenskraft, die kaum noch in mir die matten Flügel regt, kaum sich zur Klage aufrafft, kaum sich zur Wehr setzt. Schließlich bin ich, in alle Winde verstreut, alles vergessend, sogar mich selbst, nur noch dieser wehende Wind und im Wind diese Säule und dieser Bogen, dieses glühende Pflaster und dieses bleiche Gebirge rings um die verlassene Stadt. Nie habe ich in einem solchen Maße beides zugleich, meine eigne Auflösung und mein Vorhandensein in der Welt, empfunden.

Ja, ich bin vorhanden; und jäh wird es mir klar, dass ich an eine Grenze rühre wie ein für immer eingekerkerter Mensch, für den alles vorhanden ist; aber auch wie ein Mensch, der weiß, dass »morgen« wie »gestern« sein wird und ein Tag wie der andere. Denn wenn ein Mensch seines Vorhandenseins innewird, erwartet er nichts mehr. Es sind die banalsten Landschaften, die einen Seelenzustand widerspiegeln. Ich aber suchte in diesem Lande überall nach etwas, das nicht mir gehörte, sondern von ihm ausging: eine gewisse Freundschaft mit dem Tode, in der wir uns verstanden. Zwischen den Säulen, die jetzt schräge Schatten werfen, zergingen meine Ängste wie verwundete Vögel in der hellen Trockenheit der Luft. Alle Angst kommt aus lebendigen Herzen; aber jedes Herz wird Ruhe finden: Das weiß ich, und sonst nichts. Je mehr der Tag zur Neige ging, je stiller und fahler die Welt wurde unter dem Aschenregen der einfallenden Dunkelheit, desto selbstverlorener und wehrloser fühlte ich mich gegen jenes langsame, innere Aufbegehren, das »Nein« sagte.

Wenige Menschen begreifen, dass es ein Verweigern gibt, das nichts mit Verzichten zu tun hat. Was bedeuten hier solche Worte wie Zukunft, Beruf und Fortkommen oder der Fortschritt des Herzens? Wenn ich eigensinnig nichts von »später« hören will, so vor allem, weil ich ohnehin nicht auf meinen gegenwärtigen Reichtum verzichten will. Ich mag als junger Mensch nicht glauben, dass der Tod der Beginn eines neuen Lebens ist. Für mich ist er eine zugeschlagene Tür. Ich sage nicht: Er ist eine Schwelle, die es zu überschreiten gilt – er ist ein furchtbares und schmutziges Abenteuer! Alles, was man mir einreden will, möchte dem Menschen die Last seines Lebens abnehmen. Aber ich sehe die großen Vögel mit ihren schweren Schwingen über Djemila kreisen und verlange nach einer gewissen Lebenslast und bekomme sie. Ganz aufgehen in diesem Wunsch: zu dulden – und alles Übrige zählt schon nicht mehr. Ich bin zu jung, als dass ich vom Tode reden könnte. Müsste ich's dennoch – hier würde ich das rechte Wort finden, das zwischen Schrecken und Schweigen das klare Wissen um einen Tod ohne Hoffnung bekennt.

Man lebt mit ein paar vertrauten Ideen – zwei oder drei. Je nach der Umgebung, in der man aufgewachsen, und je nach den Menschen, denen man begegnet ist, poliert man sie und gibt ihnen ein neues Gesicht. Um eine eigne Idee zu haben, über die man reden kann, dazu braucht's wenigstens zehn Jahre. Das entmutigt begreiflicherweise ein wenig. Derweilen aber wird dem Menschen das schöne Antlitz der Welt vertrauter. Bisher sah er ihr grad ins Gesicht. Nun muss er einen Schritt zur Seite tun und ihr Profil betrachten. Ein junger Mensch aber sieht der Welt ins Gesicht. Er hat noch nicht die Zeit gehabt, sich den Gedanken des Todes oder des Nichts zurechtzuschleifen, obschon seine Schrecken ihn quälen. Grade dies aber ist Jugend: diese bittere Zwiesprache mit dem Tode, diese körperliche Angst des Tieres, das die Sonne liebt. Im Gegensatz zu allem, was man sagt, macht Jugend sich in diesen Dingen nichts vor. Sie hat dazu weder Zeit noch Neigung. Und sonderbar: Vor dieser zerklüfteten Landschaft, vor der düsteren Feierlichkeit dieses versteinerten Schreis, der Djemila heißt, vor dieser toten Hoffnung und diesen erstorbenen Farben begriff ich, dass ein Mensch, der wert ist, so genannt zu werden, am Ende seines Lebens diese Zwiesprache erneuert, die paar, ihm seit Langem geläufigen Ideen verleugnet und jene Unschuld und Wahrhaftigkeit wiederfindet, die in dem Blick des frei seinem Schicksal gegenübertretenden antiken Menschen leuchten. Er gewinnt seine Jugend zurück, aber nur indem er dem Tode die Hand reicht. Wie verächtlich hingegen alle Krankheit! Krankheit ist ein Heilmittel gegen den Tod, auf den sie uns vorbereitet. Das Erste, was der Lehrling in ihrer Schule lernt, ist Mitleid mit sich selber. Sie hilft dem Menschen bei seinem angestrengten Versuch, sich vor der Gewissheit des absoluten Todes zu drücken. Aber ich sehe Djemila und weiß: Der einzige wahre Fortschritt der Kultur, den von Zeit zu Zeit ein Mensch für sich verwirklicht, besteht darin: bewusst zu sterben.

Es erstaunt mich immer wieder, wie dürftig unsere Ideen über den Tod sind, da wir doch all unsere andern Ideen so eifrig hin und her wenden. Der Tod ist entweder gut, oder er ist böse. Man fürchtet ihn oder ruft ihn herbei (wie es heißt). Dies beweist aber auch, dass das Einfache als solches über unser Begreifen geht. Was ist das, was wir »blau« nennen? Wie können wir's denken? Das Gleiche gilt für den Tod. Über den Tod und über die Farben können wir nicht reden. Und doch ist dieser Mensch, den ich vor mir sehe, schwer wie die Erde, eine Vorgestalt dessen, was mich erwartet, und mir unendlich wichtig. Aber kann ich ihn »denken«? Ich sage mir: Ich muss sterben; aber was heißt das? Ich kann's weder glauben noch an mir erfahren, sondern immer nur an andern. Ich habe Leute sterben sehen, vor allem Hunde. Das Entsetzliche ist: sie zu berühren. Ich denke dann an Blumen, an das Lächeln der Frauen, an Liebe und begreife, dass meine Todesangst nur die Kehrseite ist meiner Lebensgier. Ich beneide alle, die künftig leben werden und die Wirklichkeit der Blumen und Frauen in Fleisch und Blut erleben. Ich bin neidisch, weil ich das Leben allzu sehr und mit schicksalhafter Selbstsucht liebe. Was kümmert mich die Ewigkeit! Eines Tages liege ich vielleicht im Bett, und jemand sagt zu mir: »Sie sind kein Feigling, ich will aufrichtig mit Ihnen reden. Sie werden bald sterben.« Und ich liege da mit meinem ganzen Leben, meiner ganzen herzabschnürenden Angst und starre ihm fassungslos ins Gesicht. Das Blut steigt mir zu Kopf und klopft in den Schläfen. Wahrscheinlich würde ich alles um mich her kurz und klein schlagen.

Aber die Menschen sterben widerwillig. Man sagt ihnen: »Wenn du wieder gesund bist …«, und dann sterben sie. Das will ich nicht. Und wenn die Natur bisweilen lügt, so sagt sie bisweilen auch die Wahrheit. Djemila an diesem Abend sagt die Wahrheit; und wie traurig, wie eindringlich redet seine Schönheit! Ich will vor mir und der Welt nicht lügen noch mich belügen lassen. Ich will klar sehen bis ins Letzte und will mein Ende betrachten mit allem Neid und aller Angst, die mich schütteln. Je mehr ich mich von der Welt trenne und mich anklammere an das Los des lebenden Menschen, statt in den alles überdauernden Himmel zu schauen, desto größer wird meine Todesangst. Bewusst sterben bedeutet: die Kluft zwischen uns und der Welt verringern und freudlos und im Bewusstsein, dass die Herrlichkeit dieser Welt für immer vorbei ist, das Ende auf sich nehmen. Und das Klagelied der Hügel von Djemila gräbt mir dies bittre Wissen tief in die Seele.

Gegen Abend machten wir uns auf den Heimweg und stiegen die Hänge wieder hinauf, die ins Dorf führen. Wir hörten, wie jemand erklärte: »Dies hier ist die Heidenstadt, und dieser Teil, der von ihr wegdrängt, gehörte den Christen. Später …« Ja, so war's. Menschen und Gesellschaftsformen sind hier aufeinandergefolgt, und Eroberer haben die Spuren ihrer Unteroffizierskultur dem Lande aufgedrückt. Sie hatten niedrige Vorstellungen von Größe, die sie an der bloßen Oberfläche ihres »Imperiums« maßen. Das Unbegreifliche ist, dass diese Ruinen dies Ideal so schlicht widerlegen. Denn dieses Skelett einer Stadt, die sich am Abend verliert, dieser Triumphbogen, über den weiße Taubenschwärme kreisen, reden nicht von ehrgeizigen Eroberern. Die Erde ist auf die Dauer stets mächtiger als die Geschichte. Dieser versteinerte, im Schweigen der Berge und des Himmels verlorene Schrei, Djemila – ich verstehe, was er verkündet: Helle und Gleichmut, die wahren Zeichen der Verzweiflung wie der Schönheit. Das Herz schrumpft ein vor dieser Größe, die wir bereits verlassen. Djemila bleibt hinter uns unter seinem klaren, trauernden Himmel. Jenseits der Hochebene ruft ein ferner Vogel; auf den Hügelabhängen hört man das plötzliche kurze Rascheln der Ziegen; und aus der gelassenen Ruhe des Abends taucht die Steinwand eines Altars mit dem Antlitz eines Hörner tragenden Gottes.

Sommer in Algier

für Jacques Heurgon

Unsere Liebe zu einer Stadt ist oft eine heimliche Liebe. Städte wie Paris oder Prag oder sogar Florenz gehen nicht leicht aus sich heraus und gefallen sich in dieser Zurückhaltung.

Einige Städte aber, die das Glück haben, am Meer zu liegen – und unter ihnen Algier –, öffnen sich dem Himmel wie ein Mund oder eine Wunde. Was wir in Algier lieben, gehört allen: das Meer an jeder Straßenecke, die Lichtfülle, die Schönheit der Rasse. Doch dieses Hingegebensein ohne Scham birgt auch sein Geheimnis. In Paris kann einen die flügelschlagende Sehnsucht ins Weite verzehren. Hier aber hat der Mensch alles, was er begehrt, in Fülle und kann sich Rechenschaft ablegen von seinem Reichtum.

Man muss sicherlich lange in Algier gelebt haben, ehe man begreift, wie sehr eine im Übermaß schenkende Natur den Menschen verarmen kann. Wer etwas lernen, sich erziehen, sich bessern will, ist hier verloren. Dies Land gibt keine Lehren. Es verspricht nichts und hält auch nicht mit Hoffnungen hin. Es begnügt sich zu geben, und zwar im Überfluss. Es ist ganz und gar für die Augen da, und sobald man es genießt, kennt man es auch. Seine Genüsse kennen kein Heilmittel, und seine Freuden keine Hoffnung. Es verlangt klare sehende Seelen, die keinen Trost brauchen. Es will, dass man sich zu seiner Klarheit wie zu einem Glauben bekennt. Seltsames Land, das dem Menschen, den es ernährt, beides zugleich gibt: Glanz und Elend! So ist es nicht weiter erstaunlich, dass die reiche Sinnlichkeit dieser Menschen mit dem äußersten Elend zusammentrifft. Jede Wahrheit hat ihre Bitterkeit. Ist es da verwunderlich, dass ich dieses Land nie mehr liebe, als wenn ich unter seinen ärmsten Menschen bin?

Die jungen Männer können hier gleichermaßen ihre Jugend wie ihre Schönheit ausleben. Dann kommen der Abstieg und das Vergessenwerden. Sie haben aufs Fleisch gesetzt und wussten, dass sie verlieren müssen. Wer jung und gesund ist, findet in Algier überall eine Freistatt und feiert überall Triumphe: die Bucht, die Sonne, die roten und weißen Farbspiele der das Meer säumenden Terrassen, die Blumen und die Sportplätze, die jungen, frischen Mädchen – alles lädt ihn ein. Wer aber seine Jugend verloren hat, sucht vergebens, wo er bleiben soll und wo er seiner Schwermut entfliehen kann. Anderswo gibt es Plätze genug – Italiens Terrassen, Europas Klöster, die harmonischen Hügel der Provence –, wo der Mensch sich retten und schmerzlos von sich selber befreien kann. Hier aber verlangt alles die Einsamkeit und das Blut der jungen Menschen. Der sterbende Goethe rief nach »mehr Licht«. In Belcourt und Bab-el-Oued hocken die Alten hinten in den Cafés und hören zu, wie die glatt gescheitelten jungen Leute prahlen.

Der Sommer in Algier weiht uns in all diese Dinge ein. In diesen Monaten ist die Stadt verlassen und leer; nur der Himmel und die Armen sind geblieben. Mit den Letzteren steigen wir hinab zum Hafen, zu seinem sonnenwarmen Wasser und seinen sonnenbraunen Frauenleibern. Abends kehren diese Armen ermattet vom Genuss dieser Reichtümer zurück zu ihrer Petroleumlampe auf dem wachstuchbedeckten Tisch – ihrem einzigen Besitz.

In Algier sagt niemand »ein Bad nehmen«, sondern »sich ein Bad leisten«, se taper un bain. Man badet im Hafen, und man ruht sich aus auf den Bojen. Schwimmt man an einer Boje vorbei, auf der bereits ein hübsches Mädchen sitzt, so ruft man den Kameraden zu: »Eine Möwe, sag ich dir!« Das sind harmlose Vergnügungen. Und offenbar sind sie das Ideal dieser jungen Leute; denn die meisten von ihnen treiben es so den ganzen Winter, setzen sich jeden Nachmittag nackt in die Sonne und verzehren ihr bescheidenes Mahl. Keiner von ihnen hat die öden Traktate der Naturschwärmer gelesen – diese Protestanten des Fleisches (denn es gibt Systematiker des Leibes, die ebenso hoffnungslos borniert sind wie gewisse Systematiker des Geistes); aber sie fühlen sich wohl in der Sonne. Man kann die Wichtigkeit dieser Gewohnheit für unsere Epoche nicht hoch genug einschätzen. Zum ersten Mal nach zweitausend Jahren gibt es am Strand wieder nackte Leiber. Zwanzig Jahrhunderte lang haben die Menschen sich bemüht, der griechischen Unbefangenheit und Schamlosigkeit Sittsamkeit beizubringen und das nackte Fleisch unter allerhand Kleidern zu verstecken. Heute sind diese Zeiten vergessen; und die Jünglinge, die am Strand des Mittelmeeres um die Wette laufen, reichen den Athleten von Delos die Hand. Wer so mit seinem Leib unter Leibern lebt, lernt, dass der Leib seine eigenen Wünsche und Launen und, wenn man mir ein offenbar sinnloses Wort gestattet, seine eigne Seele hat.*

Die Entwicklung des Leibes wie die des Geistes hat ihre Geschichte, ihre Fortschritte, ihre Rückfälle und ihre Mängel. Betrachten wir zum Beispiel die Farbe. Wer im Sommer regelmäßig im Hafen

* Darf ich mich lächerlich machen und zugeben, dass ich Gides Art, den Leib anzuschwärmen, nicht mag? Er verlangt von ihm, seine Begierden zurückzuhalten, um seine Wollust noch zu steigern. So gesellt er sich zu denen, die im Sprachgebrauch der Freudenhäuser die Verschrobenen und Kopflastigen genannt werden. Auch das Christentum will die Begierde nicht gestatten. Es sieht eher eine Erniedrigung darin. Mein Freund Vincent, Böttcher seines Zeichens und Jugendmeister im Brustschwimmen, hat eine noch klarere Sicht der Dinge. Er trinkt, wenn er durstig ist; begehrt er eine Frau, so versucht er, ein

badet, kann beobachten, wie die weiße Haut eines jeden Leibes zunächst goldbraun und dann bronzebraun wird, bis sie zuletzt eine gewisse Tabakfarbe annimmt, womit der Körper an der Grenze seiner Anpassungsfähigkeit angelangt ist. Über dem Hafen erhebt sich das weiße Würfelgewirr der Kasbah. Befindet man sich mit dem Wasserspiegel auf gleicher Ebene, so bilden die braunen Leiber gegen den grellweißen Hintergrund der Araberstadt einen kupferfarbenen Fries. Je heißer es nun im August wird, desto mehr blendet das Weiß der Häuser und desto dunkler wird das Braun der Leiber. Der ganze Vormittag ist hingegangen mit Tauchen, Spritzen, Lachen und langen Paddelschlägen um die rot-schwarzen Frachtdampfer herum: die »Norweger«, die nach allen möglichen Holzsorten duften, die »Deutschen«, die einen Ölgeruch verbreiten; und die »Coaster«, die nach Wein und alten Fässern riechen. Um die Zeit, da der Himmel von Hitze überströmt, bringt das orangefarbene Kanu unsere braunen Leiber in fliegender Fahrt zurück. Der rhythmische Doppelschlag des Paddels setzt plötzlich aus; und wir gleiten in langem Bogen in das glatte Wasser des Hafens: eine brüderliche Bronzeschar junger Götter.

Schäferstündchen mit ihr zu erleben, und wenn er sie liebte, würde er sie sogar heiraten (was jedoch noch nicht vorgekommen ist). Anschließend verkündet er stets: »Nun geht's mir besser« – womit er knapp und nachdrücklich die Sättigung rechtfertigt.

Aber schon hält die sommerliche Stadt an ihrem anderen Ende andere Freuden für uns bereit: Ich meine den Genuss ihrer schläfrigen Stille. Diese Stille ist ganz verschieden, je nachdem sie ein Kind des Schattens oder der Sonne ist. Es gibt die Mittagsstille auf dem Gouvernementsplatz, wo im Schatten der ihn einfassenden Bäume Araber geeiste Zitronenlimonade mit Orangenblüten verkaufen, das Glas zu fünf Sous. Ihr Ruf, »frisch! frisch!«, hallt über den leeren Platz. Dann ist es wieder still, die Sonne glüht; und ich höre, wie sich im Kruge des Verkäufers das Eis mit leisem Klickern umdreht.

Es gibt auch die Stille der Mittagsruhe. In den Straßen des Marineviertels kann man sie geradezu hören, wenn man vor den schmutzigen Friseurläden auf das melodische Summen der Fliegen hinter den Vorhängen aus Schilfrohr achtet. In den maurischen Cafés der Kasbah wiederum herrscht das Schweigen der Leiber, die wie gebannt dasitzen und nicht imstande sind, sich zu erheben, das Glas Tee vor sich zu verlassen, den eingeschlafenen Pulsschlag des Blutes wiederzufinden und mit ihm das Gefühl für Zeit.

Und dann gibt es die große Stille der Sommerabende. Welche geheimnisvollen Zeichen und Rufe mögen in dieser kurzen Zeitspanne wach werden, da der Tag in die Nacht hinübergleitet, dass sich Algier um diese Stunde so tief meinem Gedächtnis hat eingraben können? Wenn ich eine Zeit lang diesem Land fernbleibe, erscheinen mir seine Abende wie lauter Versprechungen eines ungreifbaren Glücks. Dann kehrt mein Herz zurück zu den Öl- und Mastixbäumen längs der Wege, die über die stadtbeherrschenden Höhen laufen. Ich sehe den grünen Horizont und die über ihm aufsteigenden Schwärme von schwarzen Vögeln. An dem plötzlich sonnenlosen Himmel breitet sich ein ganzes Volk kleiner roter Wolken aus und löst sich langsam auf. Fast gleich darauf erscheint, nachdem er sich tastend in der Dunkelheit des Himmels geformt und gefestigt hat, der erste Stern. Und dann, mit einem Schlage, ist es Nacht. Was wirkt den Zauber dieser flüchtigen algerischen Abende, dass sie allein so viele Dinge in mir wachrufen? Jene milde Süßigkeit, die sie auf meinen Lippen zurücklassen, ist schon verschwunden in der Nacht, noch ehe ich sie habe auskosten können. Und vielleicht liegt darin das Geheimnis ihrer Fortdauer. Die Zärtlichkeit dieses Landes ist scheu und überwältigend zugleich. Kaum aber fühlt das Herz ihre Gegenwart, so ist es ihr auch schon verfallen.

Das Dancing am Padovani-Strand ist alle Tage offen. In diesem rechteckigen riesigen Lokal, das in seiner ganzen Länge aufs Meer geht, tanzt die Jugend des ärmlichen Stadtviertels bis zum Abend. Dort habe ich häufig einen einzigartigen Augenblick abgewartet. Tagsüber ist der Saal durch schräge Bretter gegen Wind und Sonne geschützt. Ist die Sonne verschwunden, so nimmt man sie weg. Dann füllt sich der Saal mit einem seltsam grünen Licht, wie das Innere einer Riesenmuschel, deren Schalen Himmel und Meer heißen. Sitzt man weit genug weg von den Fenstern, so sieht man nichts als den Himmel, an dem die Gesichter der Tanzenden wie Schattenbilder nacheinander vorbeiziehen. Hin und wieder wird ein Walzer gespielt; dann drehen sich die schwarzen Profile auf dem grünen Hintergrund emsig umeinander wie ausgeschnittene Silhouetten, die man auf einer Grammofonplatte im Kreise laufen lässt. Dann kommt, sehr schnell, die Nacht mit all ihren Lichtern. Aber ich kann nicht in Worte fassen, worin das hinreißend Geheimnisvolle dieses kostbaren Augenblicks besteht. Immerhin erinnere ich mich an ein großes, prachtvolles Mädchen, das den ganzen Nachmittag getanzt hatte. Es trug eine Halskette aus Jasminblüten über seinem engen blauen Kleid, das von den Hüften bis zu den Beinen schweißnass war. Es lachte beim Tanzen und warf den Kopf in den Nacken. Kam es dicht an den Tischen vorbei, so ließ es einen Geruch von Körper und Blumen zurück. Wurde es dann Abend, so sah ich seinen Körper nicht mehr, der sich an ihren Tänzer presste – ich sah nur noch den hellen Jasmin und das dunkle Haar am Himmel kreisen; und wenn es den Kopf zurückwarf, hörte ich sein Lachen und sah, wie sich das Gesicht seines Tänzers plötzlich über seinen schwellenden Hals beugte. Meine Vorstellung von Unschuld verdanke ich solchen Abenden. Seitdem vermag ich diese von heftigen Leidenschaften erfüllten Geschöpfe nicht mehr zu trennen von jenem Himmel, an welchem ihre Begierden kreisen.

In den kleinen Kinos von Algier kann man hin und wieder Pfefferminzbonbons kaufen mit Zettelchen, auf denen in roter Schrift alles steht, was nötig ist, um eine Liebschaft ins Leben zu rufen: 1. Fragen: »Wann werden Sie mich heiraten?«; »Lieben Sie mich?«; 2. Antworten: »Bis zum Wahnsinn«; »Im Frühling«. Hat man das Terrain sondiert, so gibt man die Zettelchen seiner Nachbarin, die auf dieselbe Weise antwortet oder tut, als verstände sie nicht. In Belcourt ist es mehrfach passiert, dass auf diese Weise Ehen zustande gekommen sind und zwei Menschen sich durch einen Austausch von Pfefferminzbonbons fürs ganze Leben verbunden haben – ein hübscher Beweis für die Kindlichkeit dieses Volkes!

Jungsein bedeutet vielleicht, dass man berufen ist, mühelos und strahlend glücklich zu sein. Vor allem aber bedeutet es, dass man sich mit verschwenderischem Leichtsinn ins Leben stürzt. Die Männer in Belcourt und auch in Bab-el-Oued heiraten jung. Sie beginnen sehr früh zu arbeiten und erschöpfen die Erfahrung eines ganzen Lebens innerhalb von zehn Jahren. Ein Arbeiter von dreißig Jahren hat bereits seine sämtlichen Trümpfe ausgespielt und wartet, umgeben von seiner Frau und seinen Kindern, auf sein Ende. Sein Glück war kurz und heftig und kennt kein Erbarmen. Genauso sein Leben. Man begreift, dass er ein Kind dieses Landes ist, wo das Glück all seine Gaben wieder zurückfordert. In dieser Fülle und Verschwendung wird das Leben bestimmt durch große, jähe, anspruchsvolle und großmütige Leidenschaften. Man baut es nicht auf: Man verbrennt es; daher denn auch niemand nachdenkt oder besser zu werden trachtet. So ist hier beispielsweise die Vorstellung der Hölle nur ein liebenswürdiger Scherz. Solche Fantasien sind nur den Allertugendhaftesten erlaubt; und »Tugend«, glaube ich, ist in ganz Algerien ein Wort ohne Bedeutung. Deshalb fehlt es diesen Menschen nicht etwa an festen Grundsätzen. Man hat seine Moral, und zwar durchaus eine eigenwillige. Man lässt seine Mutter »nicht im Stich«. Man beschützt seine Frau auf der Straße. Man ist zuvorkommend gegen Schwangere. Man fällt nicht zu zweien über einen Einzelnen her, weil das »sich nicht gehört«. Wer diese einfachsten Gebote nicht beachtet, »ist kein Mann«; damit ist alles gesagt. Das scheint mir eine gerechte und gesunde Auffassung zu sein. Es gibt unter uns noch viele, die unbewusst diese ungeschriebene Straßenmoral respektieren – meines Wissens die einzige uneigennützige Moral. Aber genauso wenig trifft man hier die Krämerseele an. Die Gesichter um mich herum drückten stets Mitleid aus, wenn ein Mann von Polizisten abgeführt wurde. Und bevor überhaupt bekannt war, ob der Mann gestohlen hatte, ein Vatermörder oder schlichtweg ein Nonkonformist war, sagte man: »der Arme« oder sogar mit einem Anflug von Bewunderung: »Das ist ein Pirat.«

Es gibt Völker, die von Natur stolz und lebenslustig sind. Gleichzeitig sind grade sie am meisten der Langeweile ausgeliefert, und ihre Vorstellung vom Tode ist abstoßend banal. Die Belustigungen dieses Volkes sind albern, wenn man von den Freuden der Sinne absieht. Seit undenklichen Zeiten geben sich die Leute über dreißig zufrieden mit Unterhaltungen wie Kino, Kegelspielen, Vereinsfeiern und Gemeindefestlichkeiten. Nichts Trübsinnigeres als ein Sonntag in Algier! Wie kann man von diesem geistlosen Volk erwarten, dass es sich die tiefe Trostlosigkeit seines Lebens durch Mythen verhüllt? Alles, was mit dem Tode zu tun hat, wird als lächerlich oder als peinlich empfunden. In diesem Volke ohne Religion und ohne Idole lebt man gesellig und stirbt allein. Ich kenne keinen widerlicheren Ort als den in einer der schönsten Landschaften der Welt gelegenen Kirchhof des Boulevard Bru. Zwischen lauter Denkmälern von schlechtestem Geschmack und lauter schwarzen Gestalten zeigt der Tod sein trostlosestes, sein wahres Gesicht. »Alles vergeht, nur die Erinnerung bleibt«, steht auf den herzförmigen Votivtafeln. Alle sind zufrieden mit dieser lächerlichen Ewigkeit, mit der die liebevollen Überlebenden uns so billig abspeisen wollen. Es sind die gleichen Phrasen, mit denen jede Verzweiflung sich tröstet. Man redet mit dem Toten in der zweiten Person: »Unser Gedenken verlässt Dich nicht« – eine üble Heuchelei, die das, was bestenfalls ein schwarzer Schleim ist, mit einem Körper und mit Gefühlen ausstattet. An einer anderen Stelle liest man unter einer betäubenden Fülle von Blumen und Marmortauben das kühne Gelöbnis: »Nie soll Dein Grab ohne Blumen sein.« Aber etwaige Zweifel schwinden schnell; denn über die Inschrift neigt sich ein Strauß vergoldeter Gipsblumen, die den Überlebenden viel Zeit ersparen (genau wie jene »Immortellen«, die ihren pompösen Namen der Dankbarkeit jener eiligen Leidtragenden verdanken, die auf die schon fahrende Straßenbahn springen). Da man mit der Zeit gehen muss, so ersetzt man bisweilen die klassische Lerche durch ein perlgesticktes Flugzeug, an dessen Steuer ein alberner und mit einem überflüssigen Flügelpaar ausstaffierter Engel sitzt.

Man darf trotzdem nicht übersehen, dass diese Bilder des Todes stets eine Beziehung zum Leben behalten. Der beliebteste Scherz der algerischen Totengräber, die mit leerem Wagen fahren, besteht darin, den jungen Mädchen auf der Straße zuzurufen: »Steig ein, mein Schatz!« Der symbolische Charakter dieser Aufforderung, so peinlich er sein mag, ist unverkennbar. Ebenso kann es lästerlich wirken, wenn jemand beim Lesen einer Todesanzeige das linke Auge zukneift mit den Worten:

»Der Arme hat ausgerungen«; oder wie jene Dame aus Oran, die ihren Gatten nie geliebt hatte, auszurufen: »Gott hat ihn mir gegeben; Gott hat ihn mir wieder genommen.« Letzten Endes aber sehe ich nicht ein, was am Tode heilig sein soll; hingegen empfinde ich deutlich den Unterschied, der zwischen Angst und Respekt besteht. In diesem Lande, wo alles uns auffordert zu leben, bebt auch alles zurück vorm Sterben. Und dennoch trifft die Jugend von Belcourt sich mit Vorliebe an der Friedhofsmauer, um Küsse und Zärtlichkeiten auszutauschen.

Ich begreife sehr wohl, dass ein solches Volk nicht nach jedermanns Geschmack ist. Hier spielt, im Unterschied zu Italien, die Intelligenz keine Rolle. Diese Rasse ist gleichgültig gegen den Geist. Stattdessen verehrt und bewundert sie den Leib. Er ist die Quelle ihrer Kraft wie ihres naiven Zynismus* und ihrer jugendlichen Eitelkeit, die man ihr so streng verweist, wie man ihr überhaupt ihre »Mentalität«, will sagen, ihre Lebensauffassung wie ihre Lebensweise, zum Vorwurf macht. Und man muss zugeben, dass eine gewisse Lebensfülle nicht ohne Ungerechtigkeit bestehen kann. Indessen hat dies Volk ohne Vergangenheit und ohne Überlieferung dennoch seine eigne Poesie, die freilich hart und sinnlich ist und, genau wie sein Himmel, nichts weiß von Zärtlichkeit – die einzige

* Siehe Anmerkung S. 32f.

Poesie, die mich wirklich tief erregen und packen kann. Das Gegenteil eines zivilisierten Volkes ist ein Schöpfervolk. Ich habe die verwegene Hoffnung, dass diese Barbaren, die sich am Strand des Meeres tummeln, eines Tages – vielleicht unbewusst – eine Kultur schaffen werden, in der endlich die Größe des Menschen ihren wahren Ausdruck findet. Dieses ganz und gar gegenwärtige Volk kennt keine Mythen und keinen Trost. Es hat sich ganz und gar dieser Erde anvertraut und ist daher wehrlos gegen den Tod. Leibliche Schönheit hat die Natur in reichem Maße an diese Menschen verschwendet und mit ihr zugleich jene seltsame Lebensgier, die stets eine Folge solcher zukunftslosen Fülle ist. Alles, was man hier tut, lässt Widerwillen gegen alles Beständige und Gleichgültigkeit gegen alles Zukünftige erkennen. Man hat es eilig mit dem Leben; und wenn hier je eine Kunst entstehen sollte, so würde sie jenem Hass gegen die Dauer gehorchen, der die Dorier antrieb, ihre erste Säule aus Holz zu schnitzen. Und dennoch kann man in dem heftigen und erbitterten Antlitz dieses Volkes sowohl Maß wie Übertreibung erkennen, wie auch in diesem erbarmungslosen Sommerhimmel, dem man jede Wahrheit ins Gesicht sagen darf und in den keine trügerische Gottheit die Zeichen der Hoffnung oder der Erlösung geschrieben hat. Zwischen diesem Himmel und den zu ihm aufblickenden Gesichtern ist kein Platz für eine Mythologie, eine Literatur, eine Ethik oder eine Religion, sondern nur für Steine, Leiber und Sterne und für Wahrheiten, die sich mit Händen greifen lassen.

Sich einem Lande verbunden zu fühlen, einige Menschen zu lieben und zu wissen, dass es einen Ort gibt, wo das Herz seinen Frieden findet – lauter Gewissheiten, die viel für das Leben eines Menschen bedeuten, obschon man sich damit zweifellos nicht begnügen kann. Und doch sehnt sich der Mensch zu gewissen Zeiten mit allen Fibern nach dieser Heimat seiner Seele. »Ja, dorthin müssen wir zurückkehren.« Und ist es denn so erstaunlich, dass man diese Vereinigung, die Plotin ersehnte, hier auf Erden findet? Hier verkünden die Sonne und das Meer diese Einheit. Dem Herzen offenbart sie sich mit jenem fleischlichen Beigeschmack, der ihre Bitterkeit und ihre Größe ausmacht. Ich lerne, dass es kein übermenschliches Glück gibt und keine Ewigkeit außer dem Hinfließen der Tage. Diese lächerlichen und zugleich wesentlichen Gaben und diese so bedingten Wahrheiten sind die Einzigen, die mich erschüttern. Die andern »idealen« Wahrheiten zu begreifen, fehlt es mir an Seele. Ich behaupte nicht, dass man zum Tier werden soll, sondern nur, dass ich am Glück der Engel keinen Geschmack finde. Ich weiß nur dies: dass der Himmel länger dauern wird als ich. Und was soll ich ewig nennen außer den Dingen, die meinen Tod überdauern? Ich rede hier nicht einer billigen Zufriedenheit des Geschöpfes mit seinem Zustand das Wort. Das ist etwas ganz anderes. Es ist nicht immer leicht, ein Mensch zu sein, und erst recht nicht ein reiner Mensch. Rein sein aber heißt, jene Heimat der Seele wiederfinden, wo wir uns dieser Welt verwandt fühlen, wo das Blut in unsern Adern im gleichen Rhythmus pocht wie der glühende Puls der Mittagssonne. Es ist allbekannt, dass man sein Vaterland stets dann erkennt, wenn man es verliert. Das Land, das diejenigen unter seinen Kindern, die allzu sehr unter sich selber leiden, verleugnet, ist ihr eigentliches Geburtsland. Ich möchte nicht brutal oder übertrieben erscheinen: Aber schließlich ist das, was mich in diesem Leben verleugnet, zunächst einmal das, was mich tötet. Alles, was das Leben steigert, vermehrt zugleich seine Sinnlosigkeit. Der algerische Sommer hat mich gelehrt, dass eines noch tragischer als das Leiden ist: das Leben eines glücklichen Menschen. Es kann aber auch den Weg zu einem größeren Leben bedeuten, sofern es uns lehrt, nicht zu mogeln.

In der Tat prahlen viele mit ihrer Liebe zum Leben, um der eigentlichen Liebe auszuweichen. Man will genießen und erleben. Aber das ist der Gesichtspunkt des Geistes. Selten, dass einer die echte Berufung zum Genießer hat. Das Leben eines Menschen vollzieht sich ohne den Beistand seines Geistes, ohne sein Zurückweichen wie sein Vordringen, seine Einsamkeit und seine Gegenwart. Wenn ich sehe, wie diese Leute von Belcourt arbeiten, für Frauen und Kinder sorgen und oft, ohne zu murren, muss ich mich heimlich beinahe schämen. Sicherlich mache ich mir nichts vor. Die Menschen, von denen ich rede, wissen nicht viel von Liebe in ihrem Leben. Aber wenigstens haben sie sich vor nichts gedrückt. Es gibt Worte, deren Sinn ich nie ganz verstanden habe, wie etwa das Wort »Sünde«. Dennoch glaube ich sagen zu können, dass diese Menschen nicht gegen das Leben gesündigt haben. Denn wenn es eine Sünde gegen das Leben gibt, so besteht sie vielleicht nicht so sehr darin, an ihm zu verzweifeln, als darin, auf ein anderes Leben zu hoffen und sich der unerbittlichen Größe dieses Lebens zu entziehen. Diese Leute haben nicht gemogelt. Mit zwanzig Jahren waren sie durch ihre glühende Lebensgier die Götter des Sommers und sind es immer noch, obwohl ohne jede Hoffnung. Zweie von ihnen habe ich sterben sehn. Das Entsetzen malte sich auf ihren Zügen, aber sie sagten nichts. So soll es sein. Aus der Büchse der Pandora, in der alle Übel der leidenden Menschheit wimmelten, ließen die Griechen als Letztes und Schrecklichstes die Hoffnung schlüpfen. Ich kenne kein erschütternderes Symbol. Denn hoffen heißt zuletzt entsagen, wenn man auch das Gegenteil zu glauben pflegt. Und leben heißt: nicht entsagen.

Das wenigstens ist die bittere Lehre des algerischen Sommers. Aber schon schwankt der Sommer und neigt sich seinem Ende zu. Nach so viel Heftigkeit und Härte sind die ersten Septemberregen wie die ersten Tränen der erlösten Erde, als empfände selbst dieses Land ein paar Tage lang etwas wie Zärtlichkeit. In dieser Zeit verbreiten die Johannisbrotbäume ihren liebeerregenden Duft über ganz Algerien – abends, wenn nach dem Regen der feuchte Leib der Erde einen Geruch wie bittre Mandeln ausströmt und ausruht, nachdem er sich den ganzen Sommer der Sonne hingegeben hat. Aufs Neue bekräftigt dieser Duft die Hochzeit des Menschen und der Erde und erweckt in uns die einzige, wahrhaft männliche, hochherzig-vergängliche Liebe in dieser Welt.

Anmerkung

Zur Erläuterung diesen Bericht über eine Schlägerei, den ich in Bab-el-Oued gehört habe und Wort für Wort wiedergebe. (Der Erzähler spricht nicht immer wie der »Cagayous de Musette«, der Gauner in einem typischen Tanzlokal Algiers. Darüber sollte man sich nicht wundern. Die Sprache Cagayous' ist oft literarisch, ich meine damit eine Neugestaltung. Die Leute aus dem »Milieu« sprechen nicht immer Argot. Sie verwenden nur Argotausdrücke, und das ist schließlich ein Unterschied. In Algier werden ein typisches Vokabular und eine ganz besondere Syntax verwendet. Aber erst wenn sie Eingang in die französische Sprache gefunden haben, kommt ihre Würze voll zur Geltung.)

Coco geht also auf ihn zu und sagt zu ihm: »Halt mal, hör auf.« Der andere darauf: »Was ’n los?« Coco dann zu ihm: »Ich werd dir ein paar schruppen.« – »Mir ein paar schruppen?« Der hält dann die Hand hinter den Rücken, aber nur als Vortäuschung. Darauf Coco zu ihm: »Halt nicht die Hand nach hinten, denn dann hau ich dir die 6-35 aus der Hand, und die Fresse polier ich dir eh.«

Der andere hat keine Hand gerührt. Und Coco hat nur einmal zugeschlagen, wirklich nicht zweimal, nur einmal. Der andere lag schon am Boden und machte: »Aua, aua!« Dann kamen allerhand Leute dazu; und damit fing die Schlägerei an. Erst ist einer auf Coco losgegangen, ein Zweiter, ein Dritter. Ich hab denen gesagt: »Sag mal, willst du meinem Bruder an die Wäsche?« – »Wer, dein Bruder?« – »Auch wenn er nicht mein Bruder ist, ist er doch wie mein Bruder.« Und damit verpasste ich ihm eine. Coco schlug zu, ich kloppte mit, Lucien haute auch drauf. Ich hatte einen in der Ecke und mit dem Kopf: boing, boing! Dann kamen die Polizisten. Die verpassten uns Handschellen, du. Mit knallroter Birne musste ich durch ganz Bab-el-Oued gehen. Vor der Gentleman’s Bar waren Kumpels und Puppen, sag ich dir. Knallrot war ich. Aber nachher hat Luciens Vater zu uns gesagt: »Ihr habt recht!«

Die Wüste

für Jean Grenier

Leben ist sicher so ziemlich das Gegenteil von Gestalten. Haben die großen toskanischen Meister recht, so bedeutet es dreimal Zeugnis ablegen – schweigend, brennend und regungslos.

Es braucht viel Zeit, bis man begreift, dass man die Personen auf ihren Bildern alle Tage in den Straßen von Florenz und Pisa trifft. Aber wir haben ohnehin verlernt, die wirklichen Gesichter der Leute in unserer Umgebung zu sehen. Wir sehen uns unsere Zeitgenossen nicht mehr an, sondern nur noch das an ihnen, was uns nützt und unser Verhalten bestimmt. Wir ziehen dem Gesicht selber seine »Poesie« vor, und sei sie noch so vulgär. Giotto oder Piero della Francesca hingegen wissen, wie wenig an der Empfindsamkeit eines Menschen liegt. Und ein Herz kann schließlich jeder haben. Aber die großen, einfachen und ewigen Gefühle: Lebenslust, Hass und Liebe mit ihrem Jubel und ihren Tränen kommen aus der Tiefe des Menschen und formen das Antlitz seines Schicksals – wie in der Grablegung des Giottino den Schmerz der Maria, die mit zusammengebissenen Zähnen duldet. Auf den gewaltigen Bildern der »thronenden

Gottesmutter« in den toskanischen Kirchen sehe ich zwar eine Menge von Engeln mit immer den gleichen Gesichtern; und doch verrät jedes dieser stummen, leidenschaftlichen Gesichter mir seine Einsamkeit.

Es handelt sich wirklich um Pittoreskes, Episodisches, um Nuance und Rührung. Es handelt sich wirklich eher um »Poesie«. Was zählt, ist die Wahrheit; und Wahrheit nenne ich alles, was dauert. Der Gedanke, dass in dieser Hinsicht nur die Maler unsern Hunger sättigen können, enthält eine versteckte Lehre. Die Maler haben das Vorrecht, auf ihre Weise den Roman des Körpers zu schreiben. Sie arbeiten in jenem herrlichen und vergänglichen Stoff, der »Gegenwart« heißt. Gegenwart aber stellt sich stets in einer Geste dar. Sie malen nicht ein Lächeln noch eine flüchtige Schamröte, ein Bedauern oder eine Erwartung, sondern ein Gesicht, seinen Knochenbau und sein Blut. Aus diesen, in ewigen Linien erstarrten Gesichtern haben sie für alle Zeit den Fluch des Geistes vertrieben: um den Preis der Hoffnung. Denn der Körper weiß nichts von Hoffnung. Er kennt nur den Pulsschlag seines Blutes. Seine Ewigkeit besteht aus Gleichgültigkeit. Wie auf jener *Geißelung* von Piero della Francesca, wo auf einem frisch gesäuberten Hof der gemarterte Christus und der grobschlächtige Henker in ihrer Haltung dieselbe Gelassenheit verraten; schon weil diese Marter ohnehin keine Folgen hat und weil ihre Lehre am Rahmen des Bildes aufhört. Wozu

Erschütterung fühlen für etwas, was seine Gegenwart nicht überlebt? Diese Gelassenheit und Größe des Menschen, der ohne Hoffnung ist, diese ewige Gegenwart – grade das haben erfahrene Theologen »Hölle« genannt. »Hölle« ist aber auch, wie jeder weiß, das leidende Fleisch. Bei diesem Fleisch verweilen die Toskaner und nicht bei seinem Schicksal. Es gibt keine prophetischen Bilder. Und Gründe für eine Hoffnung muss man nicht in den Museen suchen.

Die Unsterblichkeit der Seele beschäftigt in der Tat viele gute Leute. Wovon aber diese Leute von vornherein nichts wissen wollen, ist jene einzige Wahrheit, deren Besitz ihnen gegönnt ist: ihr Körper. Denn der Körper stellt sie nicht vor Probleme; und tut er's doch, so kennen sie auch die einzige Lösung, die er ihnen vorschlägt: Es handelt sich um die Wahrheit, die verwesen muss, was ihr jenen bitteren Adel verleiht, dem sie nicht ins Gesicht zu sehen wagen. Die guten Leute halten sich lieber an die »Poesie«, die »zur Seele spricht«. Man sieht, ich spiele mit Worten. Man versteht aber auch, dass ich nur um der Wahrheit willen eine höhere Poesie rechtfertigen will: jene schwarze Flamme, die von Cimabue bis Francesca in den Landschaften der italienischen Maler glüht als der klarsichtige Widerspruch des in eine Welt geworfenen Menschen, deren Glanz und Herrlichkeit unermüdlich einen Gott verkünden, den es nicht gibt.

Es kommt vor, dass ein Gesicht durch seine

Gleichgültigkeit und Härte die steinerne Größe einer Landschaft hat. Wie gewisse spanische Bauern schließlich ihren Ölbäumen ähnlich werden, so werden Giottos Gesichter frei von den lächerlichen Schatten, in denen die Seele sich bekundet, schließlich zu Verkündern jener einzigen Lehre, die Toskana uns allerorten vorhält: Leidenschaft statt Gefühlswallungen; eine Mischung von Askese und Genuss; ein Zusammenklingen des Menschen und der Erde, was beide, den Menschen wie die Erde, in die Mitte zwischen Leiden und Liebe stellt. Es gibt nicht allzu viele Wahrheiten, die das Herz überzeugen. Und diese Wahrheit wurde mir klar an einem Abend, als sich die Schatten einer tiefen stummen Trauer auf die florentinischen Weinberge und Ölbäume senkten. Aber die Trauer dieses Landes ist immer nur die Kehrseite seiner Schönheit. Und als ich den Zug durch den Abend fahren sah, fühlte ich, wie mein innerer Krampf sich löste. Kann ich heute daran zweifeln, dass dieser Augenblick der Trauer dennoch ein Augenblick des Glücks gewesen ist?

Italien, das diese Lehre durch seine Menschen bekräftigt, bestätigt sie auch durch seine Landschaft. Aber nur zu leicht versäumt man das Glück, da es immer unverdient ist. Das gilt auch für Italien, dessen Zauber uns oft plötzlich, aber nicht immer unmittelbar berührt. Mehr als jedes andere Land fordert Italien dazu auf, eine Erfahrung, die es uns gleich beim ersten Mal in ihrer ganzen Fülle zu schenken scheint, zu wiederholen und zu vertiefen. Denn es verschwendet zunächst all seine Poesie, um desto sicherer seine Wahrheit für sich zu behalten. Die ersten Verzauberungen vergessen sich bald: die blühenden Oleanderbüsche von Monaco, Genuas Blumenfülle, sein Fischgeruch und die blauen Abende der ligurischen Küste. Dann endlich Pisa, wo Italien sich von den ein wenig ordinären Reizen der Riviera befreit. Aber es verführt immer noch mühelos; und warum sich seiner sinnlichen Grazie nicht vorübergehend hingeben? Was mich betrifft, so bin ich frei von all den Bindungen, aber freilich auch ohne die Freuden des gehetzten Reisenden; denn ein billiges Ferienbillett zwingt mich, eine gewisse Zeit in der Stadt »meiner Wahl« zu verweilen. Mein geduldiges Verlangen: zu lieben und zu verstehen ist unerschöpflich an diesem ersten Abend, an dem ich müde und hungrig in Pisa ankomme und auf der Bahnhofstraße von einem Dutzend donnernder Lautsprecher empfangen werde, die eine fast nur aus jungen Menschen bestehende Menge mit einer Flut von Romanzen überschütten. Ich weiß bereits, worauf ich warte. Nach diesem Trubel kommt jener kostbare Augenblick, wo die Cafés schließen und plötzlich wieder Stille herrscht und ich mich durch die kurzen dunklen Straßen dem Zentrum der Stadt nähere. Der schwarz vergoldete Arno, die gelbgrünen Denkmäler, die leere Stadt – wie soll man diesen geschickten Vorwand, diese plötzliche Ausflucht beschreiben, wodurch Pisa sich um zehn Uhr abends in einen geheimnisvollen Schauplatz aus Stille, Wasser und Steinen verwandelt. »In solcher Nacht wie diese, Jessica!« Auf dieser einzigartigen Szene erscheinen die Götter mit der Stimme von Shakespeares Liebenden ... Man muss dem Traum willfahren, wenn er uns willfahren will. Der innere Gesang, den man hier zu hören hofft, verrät mir bereits seine ersten Töne im Dunkel dieser italienischen Nacht. Morgen, erst morgen, wird das Land sich im Frühling enthüllen. Heute Abend aber bin ich ein Gott unter Göttern und rufe mit Lorenzos Stimme nach Jessica, die mit den »heftigen Schritten der Liebe« flieht. Aber Jessica ist nur ein Vorwand; und dieser Liebesüberschwang will mehr als sie. Denn ich weiß: Lorenzo liebt sie nicht so sehr, als er ihr dankbar ist, sie lieben zu dürfen. Aber warum an diesem Abend an Venedigs Liebende denken und Veronas Liebende vergessen, da hier ohnehin nichts an unglückliche Liebende erinnert? Nichts Törichteres auf der Welt, als für eine Liebe zu sterben. Leben sollte man für sie! Und der lebende Lorenzo ist besser als Romeo in der Erde, trotz seines Rosenstrauchs. Soll man nicht tanzen auf diesem Fest der lebendigen Liebe? Und nachmittags schlafen auf dem kurzen Gras der Piazza del Duomo mitten unter den Denkmälern, die man immer noch besichtigen kann, und trinken an den Brunnen der Stadt, deren Wasser ein wenig lau ist, aber so klar, und noch einmal das Gesicht jener

Frau wiedersehen, ihre schmale Nase und ihren stolzen Mund, der lachte. Nur muss man begreifen, dass diese Weihen uns für höhere Erleuchtungen vorbereiten: auf jene glitzernden Festzüge der eleusinischen Dionysosanbeter. Der Mensch lernt in der Freude; und auf dem höchsten Gipfel der Trunkenheit wird der Leib bewusst und feiert die heilig-geheimnisvolle Vereinigung, deren Symbol das schwarze Blut ist. Sich selber zu vergessen in dieser rauschhaften Schönheit Italiens, die uns von der Hoffnung befreit und unsere Geschichte vergessen lässt. Zweifache Wahrheit des Leibes und des Augenblicks, Schauspiel der Schönheit, an die man sich klammert wie an das erwartete Glück, das uns verzaubert und zugleich zugrunde geht.

Der abstoßendste Materialismus ist nicht etwa jener, den alle Welt so beurteilt, sondern vielmehr jener andere, der uns tote Ideen als lebende Wirklichkeiten einreden will und unser hartnäckiges, hellsichtiges Interesse an dem, was für immer mit uns sterben muss, ablenken will, auf unfruchtbare Mythen. Ich erinnere mich, dass ich in Florenz in der Santissima Annunziata mich im Kreuzgang der Toten hinreißen ließ durch etwas, das ich für Niedergeschlagenheit hielt, während es nur Zorn war. Es regnete. Ich las die Inschriften auf den Grabsteinen und den Weihetafeln. Hier war einer ein zärtlicher Vater und treuer Gatte gewesen; dort ein anderer ein tüchtiger Kaufmann und zugleich der edelste Gemahl. Eine junge Frau, die alle Tugenden besaß, sprach außerdem französisch si come il nativo. Ein junges Mädchen war die ganze Hoffnung ihrer Angehörigen, ma, la gioia e pellegrina sulla terra. All das ließ mich kühl. Fast alle hatten sich, nach den Inschriften, ergeben ins Sterben geschickt, wie sie zweifellos auch ihre anderen Pflichten erfüllt hatten. Heute waren die Kinder ins Kloster gedrungen und spielten Bockspringen auf den Steinplatten, die die Vorzüge jener Toten verewigen sollten. Es wurde Abend, und ich setzte mich, an eine Säule gelehnt, auf den Boden. Ein Priester hatte mir im Vorbeigehen zugelächelt. In der Kirche spielte leise die Orgel; ihre warmen Töne drangen hin und wieder durch das Geschrei der Kinder. Allein an der Säule war mir zumute wie einem, den man an der Kehle packt und der mit einem letzten Schrei seinen Glauben bekennt. Alles in mir begehrte auf gegen eine solche Schicksalsergebenheit. »Du musst«, sagen die Inschriften. »Nein«, sagte ich, und mein Widerspruch hatte recht. Schritt für Schritt musste ich dieser Freude folgen, die gleichgültig und traumverloren wie ein Pilger über die Erde ging. Zu allem anderen sagte ich Nein – mit all meiner Kraft. Die Grabtafeln lehrten mich, es wäre zwecklos, und das Leben wäre »col sol levante col sol cadente«. Aber auch heute noch sehe ich nicht ein, was die Zwecklosigkeit meinem Widerspruch anhaben könnte; wohl aber fühle ich, um was sie ihn bereichert.

Übrigens wollte ich das gar nicht sagen. Ich möchte eine Wahrheit genauer aussprechen, die ich damals als die Seele meines Widerspruchs empfand, den sie hervorgerufen hatte – eine Wahrheit, die jene kleinen späten Rosen im Kreuzgang von Santa Maria Novella wie jene sonntäglichen Florentinerinnen, ihre freien, von leichtem Stoff bedeckten Brüste und ihre feuchten Lippen einbegriff. An jeder Kirchenecke standen an diesem Sonntagmorgen Tische voll üppiger, frisch besprengter Blumen. Ich empfand dankbar die »Naivität« der Dinge. Blumen und Frauen trugen unbefangen ihr Glück zur Schau; und es schien mir keinen großen Unterschied zu machen, ob man reinen Herzens diese oder jene begehrte. Es geschieht selten, dass ein Mann sich eines reinen Herzens bewusst ist. Er hat in einem solchen Augenblick die Pflicht, das, was ihn so seltsam geläutert hat, Wahrheit zu nennen – auch dann, wenn eben diese Wahrheit andere vielleicht blasphemisch dünken sollte, wie beispielsweise das, was ich an jenem Tage dachte. Ich war nach Fiesole gefahren und hatte meinen Morgen in einem lorbeerduftenden Franziskaner-Kloster zugebracht. Lange Zeit blieb ich in einem kleinen Hof voll roter Blumen, voll Sonne und voll schwarz-gelber Bienen. In einer Ecke stand eine grüne Gießkanne. Ich hatte zuvor die Zellen der Mönche besucht und hatte ihre kleinen, mit einem Totenkopf geschmückten Tische gesehen. Jetzt sprach dieser Garten mir von ihrem

Denken und Fühlen. Ich war dann hügelab nach Florenz zurückgekehrt, das mich mit allen seinen Zypressen im Tal erwartete. Diese irdische Pracht, diese Frauen und Blumen schienen mir jene Mönche zu rechtfertigen – vielleicht sogar alle Menschen, die wissen, dass die äußerste Armut stets mit dem Überfluss und Reichtum der Welt wetteifert. Ich empfand das tiefe Gemeinsame in dem Leben dieser von Säulen und Blumen eingeschlossenen Franziskaner und in dem Leben jener jungen Menschen am Padovanistrand in Algier, die das ganze Jahr in der Sonne zubringen. Wenn sie verzichten, so tun sie es für ein größeres, nicht für ein »anderes« Leben. Das scheint mir auch der einzig gültige Sinn von »sich entblößen« zu sein. Bloß und nackt zu sein, bedeutet stets eine körperliche Freiheit und erinnert an jenen Einklang zwischen Hand und Blumen, an jenes verliebte Einvernehmen zwischen der Erde und dem von seinem »Menschtum« befreiten Menschen – und wie gern würde ich mich zu dieser Religion bekennen, wenn sie nicht schon die meine wäre. Nein, dies Bekenntnis ist keine Blasphemie, so wenig wie meine Behauptung, dass das innerliche Lächeln des heiligen Franziskus auf Giottos Bildern diejenigen rechtfertigt, die das Glück lieben. Denn Mythen bedeuten für die Religion dasselbe, was die Poesie für die Wahrheit bedeutet: Es sind lächerliche Masken, hinter denen die Leidenschaft, leben zu wollen, sich versteckt.

Soll ich noch weiter gehen? Dieselben Menschen, die in Fiesole angesichts jener roten Blumen leben, haben in ihrer Zelle den Schädel vor sich, der ihre Meditationen beschäftigt. Florenz vorm Fenster, und auf dem Tisch den Tod. Eine gewisse Beharrlichkeit im Verzweifeln kann Freude erzeugen. Und bei einer gewissen Lebenstemperatur gehen Seele und Blut durcheinander, leben behaglich in Widersprüchen und drehen der Pflicht wie dem Glauben den Rücken. Infolgedessen wundert es mich auch nicht mehr, dass eine muntere Hand in Pisa auf einer Mauer ihren eigenartigen Ehrbegriff in dem Satz zusammengefasst hat: Alberto fa l'amore con la mia sorella. Ebenso wenig wundert es mich, dass Italien das Land der Inzeste ist – oder vielmehr und bezeichnenderweise: der eingestandenen Inzeste. Denn der Weg, der von der Schönheit zur Sittenlosigkeit führt, ist voller Windungen, aber seines Ziels gewiss. Die von der Schönheit überwältigte Intelligenz sättigt sich am Nichts. Vor dieser Landschaft, deren Größe einem die Kehle zuschnürt, streicht der Mensch sich selber mit jedem Gedanken aus, sodass er, verneint und überwältigt von so viel niederschmetternden Überzeugungen, im Angesicht dieser Erde zu guter Letzt nichts weiter ist als ein formloser Fleck, der nur eine passive Wahrheit kennt, beziehungsweise nur seine Farbe oder seine Sonne. Eine Landschaft von solcher Reinheit dörrt die Seele aus, die ihre Schönheit nicht erträgt. Dieses Evangelium aus

Stein, Himmel und Wasser verkündet, dass nichts aufersteht. Von nun an und mit dieser grandiosen Wüste im Herzen beginnt für die Menschen dieses Landes die Versuchung. Wen kann es wundern, wenn Geister, die im Angesicht des adligsten Schauspiels und in der verdünnten Luft der Schönheit erzogen sind, sich nicht überzeugen lassen, dass Größe und Güte zusammenwirken können? Eine Intelligenz ohne einen Gott, der sie vollendet, sucht einen Gott in allem, was sie verneint. Borgia ruft beim Betreten des Vatikans: »Jetzt, da Gott uns die päpstliche Würde verliehen hat, müssen wir uns eilen, sie zu genießen.« Und er tut, was er sagt. »Sich eilen« ist das richtige Wort. Und man fühlt in ihm bereits jene Verzweiflung, die so bezeichnend ist für die Lieblinge des Glücks.

Vielleicht irre ich mich. Denn schließlich war ich in Florenz glücklich und viele andere vor mir. Aber was ist das Glück anderes als jener einfache Einklang eines Geschöpfes mit seiner Existenz? Und welcher Einklang von Mensch und Leben wäre lauterer als das zwiefache Bewusstsein: dauern zu wollen und sterben zu müssen? Wenigstens lehrt er uns, sich auf nichts zu verlassen und in der Gegenwart die einzige Wahrheit zu erblicken, die uns als »Zulage« gegönnt ist. Ich begreife wohl, dass man mir sagt: »Italien, das Mittelmeer: antiker Boden, wo alles sich in menschlichen Maßen hält.« Aber wo denn? Und zeigt mir den Weg! Lasst mich die Augen öffnen, um mein Maß und mein Glück zu finden! Aber ich sehe schon: Fiesole, Djemila und die sonnigen Häfen. Menschliche Maße? Das Schweigen und die toten Steine. Der Rest gehört der Geschichte.

Man sollte aber dennoch nicht hier stehen bleiben; denn es ist nicht gesagt, dass Glück und Optimismus untrennbar zusammengehören. Glück und Liebe gehören zusammen – was nicht dasselbe ist. Und ich kenne Zeiten und Orte, wo das Glück so bitter erscheinen kann, dass man ihm seine Versprechungen vorzieht. Aber das kommt daher, dass ich in jenen Zeiten oder an jenen Orten nicht genügend Herz hatte zu lieben, will sagen, nicht zu verzichten. Wovon ich hier reden will, das ist die Aufnahme des Menschen in die Feier der Erde und der Schönheit. Denn in diesem Augenblick wirft er, wie der Neophyt seine letzten Schleier, vor seinem Gott die kleine Münze seiner Persönlichkeit fort. Ja, es gibt ein höheres Glück, wo das Glück eitel zu sein scheint. In Florenz stieg ich die Boboligärten hinauf bis zu einer Terrasse, von der man den Monte Oliveto und die Hügel der Stadt bis zum Horizont vor sich liegen sah. Auf allen Hügeln waren die Ölbäume bleich wie kleine Rauchwolken; und in dem leichten Nebel, den sie bildeten, zeichneten sich die härteren hohen Zypressen ab: grün in der Nähe und schwarz in der Ferne. Der Himmel, in dessen tiefes Blau man hineinsah, war von mächtigen Wolken unterbrochen. Als der Nachmittag zu Ende ging, verbreitete sich ein silbernes Licht, das alles in Stille verwandelte. Der höchste Hügel war anfangs in den Wolken. Aber ein Wind hatte sich erhoben, und ich fühlte seinen Atem auf meinem Gesicht. Vor ihm traten die Wolken über den Hügeln auseinander wie ein sich öffnender Vorhang. Im gleichen Augenblick schien es, als wüchsen die Zypressen auf den Gipfeln plötzlich höher hinein ins befreite Blau. Die ganze Hügelwelt mit ihren Steinen und Ölbäumen hob sich langsam ihnen nach. Andere Wolken kamen. Der Vorhang schloss sich, und die Hügel mit ihren Zypressen und Häusern senkten sich aufs Neue. Dann zog der gleiche Wind, der hier die dichten Wolkenfalten öffnete, die über den anderen, sich in der Ferne verlierenden Hügeln wieder zusammen. Dies mächtige Ein- und Ausatmen der Erde vollzog sich im Rhythmus weniger Sekunden und wiederholte in immer weiteren Fernen das strenge aus Stein und Luft gefügte Thema einer weltgewaltigen Fuge. Jedes Mal sank das Thema um einen Ton; und je ferner ich es verfolgte, umso ruhiger wurde ich. Und als mein Herz ans Ende dieser Fernsicht angelangt war, umfasste es mit einem Blick die sämtlichen ins Weite fliehenden Hügelketten und erhob sich aufatmend mit ihnen in einem einzigen Lobgesang der ganzen Erde.

Ich wusste: Millionen Augen haben diese Landschaft gesehen; für mich war sie wie das erste Lächeln des Himmels. Sie brachte mich, in der wahren Bedeutung des Wortes, außer mir. Sie machte mir zur Gewissheit, dass ohne meine Liebe und ohne diesen steinernen Lobgesang alles Übrige sinnlos war. Die Welt ist schön, und außer ihr ist kein Heil. Die große Wahrheit, in der sie mich geduldig unterwies, verkündet, dass der Geist und auch und sogar das Herz nichts sind. Und dass das von der Sonne erhitzte Gestein oder die Zypresse, die der blaue Himmel vergrößert, die einzige Welt eingrenzen, wo »recht haben« einen Sinn hat: die Natur ohne Menschen. Und diese Welt vernichtet mich. Sie trägt mich bis ans Ende. Sie verneint mich ohne Zorn. An diesem Abend, der sich auf das florentinische Land senkte, machte ich mich auf den Weg zu einer Weisheit, wo alles bereits erobert war – wenn mir nicht Tränen in die Augen gestiegen wären und wenn nicht die Poesie mich, den Schluchzenden, die Wahrheit der Welt hätte vergessen lassen.

Man sollte verweilen bei diesem einzigartigen Augenblick, in welchem sich die Dinge die Waage halten, das Empfinden die Moral zurückweist, das Glück aus Hoffnungslosigkeit entspringt und der Geist sich auf den Leib beruft. Wenn es wahr ist, dass jede Wahrheit ihre Bitterkeit kennt, so ist es nicht weniger wahr, dass jedes »Nein« auch sein »Ja« enthält. Jenes Lied hoffnungsloser Liebe, das die Kontemplation anstimmt, kann auch aufs Wirksamste zu Taten aufrufen. Der dem Grab entsteigende Christus des Piero della Francesca hat nicht den Blick eines Menschen. In seinem Gesicht ist nichts von Glück zu sehen – nur eine grimmige, seelenlose Größe, die ich fast wider Willen als einen Entschluss »zu leben« empfinde. Der Weise wie der Tor sagen wenig. Diese Wiederkehr entzückt mich.

Verdanke ich diese Einsicht Italien oder meinem Herzen? Sie ist mir zweifellos dort unten zuteilgeworden. Denn Italien, wie andere bevorzugte Länder, bietet mir ein Schauspiel der Schönheit, in welchem die Menschen trotzdem sterben. Selbst hier muss die Wahrheit verwesen; und was könnte erhebender sein? Selbst wenn es mich nach einer unverweslichen Wahrheit verlangen sollte – was soll ich mit ihr anfangen? Sie passt nicht zu mir. Sie zu lieben wäre unaufrichtig. Wenige begreifen, dass ein Mensch das, was sein Leben ausmacht, niemals aus Verzweiflung aufgibt. Die Entschlüsse hoffnungsloser Verzweiflung öffnen neue Wege ins Leben und bezeugen lediglich eine bebende Anhänglichkeit an die Lehren dieser Erde. Indessen kann es geschehen, dass ein Mensch, dessen Einsicht einen gewissen Grad von Klarheit erreicht hat, fühlt, wie sein Herz sich verschließt, sodass er ohne Auflehnung und ohne Zurückforderungen dem vermeintlichen Inhalt seines bisherigen Lebens, ich meine seiner gärenden Unruhe, den Rücken kehrt. Wenn Rimbaud in Abessinien sein Leben zu Ende lebt, ohne eine einzige Zeile zu schreiben, ist daran weder die Lust an Abenteuern noch der Verzicht aufs Schreiben schuld. »Es ist einmal so«: Das ist der eigentliche Grund; denn bei einer gewissen Bewusstseinsschärfe gibt man schließlich das zu, was wir alle mit aller Kraft, jeder nach seiner Weise, nicht einsehen wollen. Man wird verstehen, dass es sich hier um den Versuch handelt, die Geografie einer gewissen Wüste zu schildern. Aber diese sonderbare Wüste ist nur denjenigen bekannt, die in ihr zu leben vermögen, ohne jemals ihren Durst zu betrügen. Für sie, und nur für sie, sprudeln in ihr die lebendigen Quellwasser des Glücks.

In den Boboligärten hingen riesige goldene Kakifrüchte in Reichweite meiner Hand. Ein zäher Sirup sinterte aus ihrem aufgebrochenen Fleisch. Die sanften Hügel und die saftquellenden Früchte; die brüderlich-geheime Verbundenheit mit der Erde und der Hunger, der mich nach den Goldfrüchten über mir greifen ließ – ich empfand das schwanke Gleichgewicht dieser Dinge, das gewisse Menschen von der Askese zum Genuss und von der Entsagung zur hemmungslosen Wollust treibt. Ich bewunderte und bewundere auch heute dieses Bündnis von Mensch und Erde, diese doppelte Wechselwirkung, in die mein Herz eingreifen und sein Glück diktieren darf bis zu jener genau bestimmten Grenze, wo die Erde es vollenden oder zerstören kann. Florenz! Einer der wenigen Orte in Europa, wo ich begriff, dass im innersten Kern meiner Auflehnung ein Einverständnis schlief. Unter seinem aus Tränen und Sonne gemischten Himmel lernte ich, Ja zur Erde zu sagen und in der düstern Flamme ihrer Lebensfeier zu verbrennen. Ich ertrug … aber was? Welches Wort? Welches Übermaß? Ich ertrug die Erde! In diesem großen Tempel, aus dem die Götter geflohen sind, haben all meine Idole tönerne Füße.

Heimkehr nach Tipasa

Doch du, du bist
zum klaren Tag geboren …

Hölderlin

Dieser Essay entstand im Jahre 1939. Daran möge sich der Leser erinnern, um zu beurteilen, was Oran heute sein könnte. Leidenschaftliche Proteste, die mich aus dieser schönen Stadt erreichten, versichern allerdings, dass allen Unvollkommenheiten abgeholfen wurde – oder werden soll. Die Schönheiten hingegen, die dieser Essay rühmt, wurden eifersüchtig bewahrt. Glückliche und realistische Stadt, braucht Oran keine Schriftsteller mehr: Sie erwartet die Touristen.*

* »*Minotaurus*« (Anm. d. Red.).

Minotaurus

für Pierre Galindo

Es gibt keine Wüsten mehr. Es gibt keine Inseln mehr. Das Bedürfnis danach ist jedoch spürbar. Will man die Welt verstehen, muss man sich manchmal von ihr abwenden; um den Menschen besser zu dienen, muss man sie zeitweise fernhalten. Doch wo findet man die Einsamkeit, so notwendig für die Kraft, wo den tiefen Atem, in dem der Geist sich sammelt und der Mut sich messen kann? Es gibt die großen Städte. Nur braucht es da noch Bedingungen.

Die Städte, die Europa uns darbietet, sind übervoll vom Aufruhr der Vergangenheit. Feinhörige können das Schwirren von Flügeln, das Beben von Seelen vernehmen. Man spürt den Taumel der Jahrhunderte, der Revolutionen, des Ruhmes. Man wird daran erinnert, dass das Abendland unter Getöse geschmiedet wurde. Das gibt nicht genügend Stille.

Paris ist für das Herz oft eine Wüste, doch weht zu manchen Stunden vom Père-Lachaise her ein Revolutionswind, der diese Wüste plötzlich mit Fahnen und besiegtem Adel erfüllt. So sind manche spanischen Städte, so Florenz und Prag. Salzburg wäre friedlich ohne Mozart. Aber dann und wann eilt über die Salzach der hochmütig stolze Schrei Don Juans, der in die Hölle stürzt. Wien scheint schweigender, ist ein junges Mädchen unter den Städten. Die Steine dort sind nicht älter als drei Jahrhunderte, und ihre Jugend weiß nichts von Melancholie. Doch Wien liegt an einem Kreuzweg der Geschichte. Ringsumher erdröhnt der Aufprall der Kaiserreiche. An manchen Abenden, wenn der Himmel sich blutrot färbt, scheinen die steinernen Denkmalspferde am Ring emporzufliegen. In diesen flüchtigen Augenblicken, in denen alles Macht und Geschichte ist, hört man deutlich unter dem Ansturm der polnischen Schwadronen den dröhnenden Zusammenbruch des Osmanischen Reiches. Auch das gibt nicht genügend Stille.

Gewiss, es ist diese bevölkerte Einsamkeit, die man in den Städten Europas sucht. Jedenfalls jene Menschen, die wissen, was sie zu tun haben. Sie können sich dort ihre Gesellschaft auswählen, sie pflegen und wieder fallen lassen. Manche haben sich gestärkt auf diesem Gang von ihrem Hotelzimmer zu den alten Gemäuern der Ile Saint-Louis! Andere, es ist wahr, gingen an Vereinsamung zugrunde. Die Ersten jedenfalls fanden darin ihre Gründe, zu wachsen und sich zu bestätigen. Sie waren allein und waren es doch nicht. Jahrhunderte von Geschichte und Schönheit, glühende Zeugen von Tausenden von vergangenen Leben begleiteten sie die Seine entlang und erzählten gleichzeitig von Traditionen und Eroberungen. Ihre Jugend trieb sie, solche Gemeinschaft zu rufen. Es kommt eine Zeit, eine Epoche, wo dies lästig wird. »Es ist an uns zweien!«, rief Rastignac aus vor der ungeheuren Fäulnis der Stadt Paris. Zwei, ja, auch das ist noch zu viel!

Die Wüste selbst hat einen Sinn erlangt, man hat sie mit Poesie überladen. Allen Leiden der Welt wurde sie ein geweihter Ort. Was das Herz jedoch zuweilen begehrt und sucht, sind Orte, frei von Poesie. Descartes wählte sich für die Meditation seine eigene Wüste: die geschäftigste Handelsstadt seiner Zeit. Dort findet er seine Einsamkeit und die Möglichkeit zur vielleicht größten unserer männlichen Dichtungen: »Der erste Grundsatz war, nie eine Sache für wahr anzunehmen, bevor ich sie offensichtlich als solche erkannt hatte.« Man kann weniger Ehrgeiz und ebenso große Sehnsucht haben. Doch hat sich Amsterdam seit drei Jahrhunderten mit Museen bedeckt. Um der Poesie zu entfliehen und den Frieden der Steine zu finden, braucht es andere Wüsten, andere Stätten ohne Seele und Zuflucht. Ein solcher Ort ist Oran.

Die Straße

Ich hörte oft die Oraner sich über ihre Stadt beklagen. »Es gibt keine interessanten Kreise.« Fürwahr! Ihr wünschtet es ja nicht! Einige gute Leute versuchten, die Gepflogenheiten einer andern Welt in diese Wüste zu verpflanzen, nach dem Grundsatz, dass man der Kunst und den Ideen nicht gut dienen kann, wenn man sich nicht zusammentut. Man begegnet in Oran jenem Klestakoff von Gogol. Er gähnt und sagt: »Ich fühle es, ich werde mich mit etwas Erhabenem beschäftigen müssen.«

Daraus ergibt sich, dass einzig jene Kreise anregend sind, zu denen die Pokerspieler, die Boxsportanhänger, die Boulomanen und die regionalen Vereine zählen. Hier wenigstens geht es natürlich zu. Es gibt schließlich eine gewisse Größe, die nicht nach Erhabenheit strebt. Ihr Zustand ist unfruchtbar. Und wer diese Größe sucht, verlässt die besseren Kreise und begibt sich auf die Straße.

Die Straßen Orans sind dem Staub geweiht, den Steinen und der Hitze. Regen erzeugt eine wahre Sintflut und ein Meer von Schlamm. Doch bei Regen oder Sonne haben Auslagen und Läden das gleiche extravagante und absurde Aussehen. Der ganze schlechte Geschmack Europas und des Orients treffen hier zusammen. Man findet kunterbunt durcheinander Windhunde aus Marmor, Tänzerinnen mit Schwan, Dianen aus grünem Galalith, Diskuswerfer und Schnitter, alles, was als Geburtstags- oder Hochzeitsgeschenk gebraucht wird, dieser ganze Kitsch, der unaufhörlich von einem handelstüchtigen und zugleich spöttischen Geist auf unsre Kaminsimse gestellt wird. Aber diese Betriebsamkeit nimmt hier ein derartig barockes Ausmaß an, dass man alles verzeiht. Hier auf einem Teppich von Staub der Inhalt eines Schaufensters: scheußliche Gipsmodelle von verkrüppelten Füßen, ein Stoß Rembrandt-Zeichnungen »zum Spottpreis von 150 Francs das Stück«, Scherzartikel, Brieftaschen mit der Trikolore, eine Pastellskizze aus dem 18. Jahrhundert, ein mechanischer Plüschesel, Flaschen mit Eau de Provence zur Konservierung von grünen Oliven und eine würdelose hölzerne Muttergottes mit einem unanständigen Lächeln. (Um keinen Irrtum aufkommen zu lassen, hat die »Direktion« zu ihren Füßen eine Aufschrift platziert: »Muttergottes in Holz«.)

In Oran findet man:

1. Cafés, deren Theken vor Fett und Schmutz glänzen, übersät mit Fliegenbeinen und Insektenflügeln, mit einem Patron, der trotz des stets leeren Saals immer lächelt. Der »petit noir« kostet zwölf Sous und der große achtzehn.
2. Fotogeschäfte, wo die Technik seit der Erfindung des lichtempfindlichen Papiers keinen Fortschritt gemacht hat. Eine seltsame Fauna wird ausgestellt, die man auf der Straße nicht findet, vom Pseudomatrosen, der sich mit dem Ellbogen auf eine Konsole stützt, bis zum jungen Mädchen im heiratsfähigen Alter, mit geschnürter Taille, hängenden Armen, vor waldigem Hintergrund. Vermutlich sind es keine Porträts nach Natur, sondern »Créations«.

3. Eine vielsagende Menge von Begräbnisinstituten. Nicht, dass man gerade in Oran mehr stirbt als anderswo, aber man macht vermutlich mehr Aufhebens davon.

Die sympathische Naivität dieses Handelsvolkes erstreckt sich auch auf die Werbung. Ich lese auf einer Kinoreklame in Oran die Ankündigung eines drittrangigen Filmes und finde die Adjektive »prunkvoll«, »blendend«, »außerordentlich«, »phänomenal«, »erschütternd«, »maximal«. Zum Schluss klärt die Direktion ihr Publikum darüber auf, welche erheblichen Opfer sie hat bringen müssen, um diesen erstaunlichen Film vorführen zu können, ohne die Preise zu erhöhen.

Es wäre unrecht anzunehmen, dass sich hier einzig die südliche Freude an Übertreibungen manifestiert. Eben dieselben Verfasser dieses herrlichen Prospektes beweisen ihren psychologischen Sinn. Es gilt, die Indifferenz und tiefe Apathie zu überwinden, die einen in diesem Land überkommen, wenn man zu wählen hat zwischen zwei Filmen, zwei Berufen und oft auch zwei Frauen. Man entscheidet sich nur gezwungenermaßen. Und die Werbung weiß das. Sie wird amerikanische Ausmaße annehmen, aus den gleichen peinlichen Gründen wie dort.

In den Straßen von Oran werden wir endlich über die zwei Hauptvergnügen der hiesigen Jugend aufgeklärt: sich die Schuhe wichsen zu lassen und in diesen Schuhen über den Boulevard zu spazieren.

Um einen richtigen Begriff vom ersten dieser Genüsse zu bekommen, vertraue man an einem Sonntagmorgen um zehn Uhr seine Schuhe den Schuhputzern des Boulevard Gallieni an. Auf einem der hohen Sessel thronend, wird man jene besondere Genugtuung genießen, die auch einen Laien beim Anblick von Menschen befällt, die in ihren Beruf so verliebt sind wie die Schuhwichser von Oran. Alles ist bis ins Detail ausgearbeitet. Mehrere Bürsten, drei verschiedene Sorten von Lappen, die mit Benzin kombinierte Schuhwichse: Man glaubt den Vorgang beendet, wenn man den vollendeten Glanz bestaunt, der unter der weichen Bürste entsteht. Doch die gleiche hartnäckige Hand wichst die glänzende Fläche nochmals ein, reibt sie, nimmt ihr den Glanz, massiert die Creme bis ins Innerste des Leders und bringt es dann unter der gleichen Bürste zu doppeltem und von der Tiefe her endgültig erstrahlendem Glanz. Das so entstandene Wunderwerk wird dann den Kennern vorgeführt. Um diese Freuden des Boulevards schätzen zu lernen, ist es unumgänglich, an einem der maskierten Bälle der Jugend teilzunehmen, die jeden Abend in den großen Verkehrsadern Orans stattfinden. Die bessere Jugend Orans – zwischen sechzehn und zwanzig – kleidet sich dann vor dem Essen wie ihre eleganten Ideale aus dem amerikanischen Film. Gewellte und pomadisierte Haare, einem Filzhut entquellend, der zum linken Ohr geneigt und über dem rechten Auge geknickt ist, den Hals in einen an die Stelle der Haare tretenden Kragen gezwängt, den mikroskopisch kleinen Krawattenknoten von einer Nadel gehalten, das Sakko bis zur Mitte der Oberschenkel reichend und die Taille nah den Hüften, die Hosen hell und kurz, blitzende Schuhe auf dreifacher Sohle – so lässt diese Jugend jeden Abend ihr unerschütterliches Auftreten mit eisenbeschlagener Sohlenspitze aufklingen. Sie bemüht sich vor allem, die Allüren, die Gewandtheit und die Überlegenheit Mister Clark Gables nachzuahmen. Aus diesem Grunde haben kritische Zungen in der Stadt, ganz allgemein und unbekümmert um die Aussprache, diese jungen Männer die »Clarques« genannt. Jedenfalls sind die großen Boulevards von Oran gegen Abend voll von einer Armee sympathischer Jünglinge, die sich größte Mühe geben, wie schlechte Subjekte auszusehen. Weil seit je die jungen Oranerinnen sich als die künftigen Bräute dieser Gangster mit weichen Herzen betrachten, tragen sie ebenfalls das Make-up und die Eleganz der großen amerikanischen Schauspielerinnen. Die gleichen schlechten Zungen nennen sie daher die »Marines«. Wenn auf den abendlichen Boulevards das Zwitschern der Vögel aus den Palmen steigt, treffen sich Dutzende von Clarques und Marines, messen sich mit Blicken und schätzen sich ab, glücklich, zu leben und zu scheinen, für eine Stunde dem Taumel vollkommener Existenzen hingegeben. Dies seien, behaupten Neider, Treffen der amerikanischen Clique. Doch spürt man bei diesen Worten die Bitterkeit der über Dreißigjährigen, die nicht mehr an diesem Spiel teilhaben. Sie verkennen diese täglichen Zusammenkünfte der Jugend und des Überspannten. Es sind in Wahrheit die Parlamente der Vögel, die man in der indischen Literatur trifft. Doch wälzt man auf den Boulevards von Oran nicht die Frage des Seins und kümmert sich nicht um den Weg zur Vollkommenheit. Es bleibt lediglich beim Flattern von Flügeln, Pfauenrädern, koketten und siegesgewohnten Gunstbezeugungen, diesem vollen Glanz eines unbekümmerten Gesangs, der mit Einbruch der Nacht verschwindet.

Ich höre schon Klestakoff: »Man wird sich mit Erhabenem beschäftigen müssen.« Ach! Er wäre es imstande. Man gebe ihm den Impuls, und er wird diese Wüste in wenigen Jahren bevölkern. Doch im Augenblick muss sich eine eher geheimnisvolle Seele in dieser leichten Stadt befreien, in dieser Stadt mit ihrem Aufzug von geschminkten jungen Mädchen, die dennoch unfähig sind zu erregen, da sie die Koketterie so schlecht simulieren, dass der Trug sogleich bemerkt wird. Sich mit Erhabenem auseinandersetzen! Seht vielmehr: Santa-Cruz aus dem Felsen ziseliert, die Berge, das flache Meer, der heftige Wind und die Sonne, die großen Kräne des Hafens, die Züge, die Hangars, die Quais und gigantischen Auffahrten zur Stadt, und in der Stadt selber diese Spiele und diese Langeweile, dieser Tumult und diese Einsamkeit. Vielleicht ist dies alles nicht erhaben. Doch der große Preis dieser übervölkerten Inseln liegt darin, dass das Herz sich entblößt. Die Stille ist nur mehr möglich in den lärmigen Städten. Aus Amsterdam schrieb Descartes dem alternden Balzac: »Ich spaziere täglich inmitten der Wirrnisse eines großen Volkes mit ebenso viel Freiheit und Ruhe, als Sie auf Ihren Alleen finden.«

In Erinnerung vermutlich an diese guten Worte hat sich eine Gesellschaft für Vorträge und Diskussion in Oran organisiert unter dem Namen »Cogito-Club«.

Die Wüste in Oran

Gezwungen, mit einer der wundervollsten Landschaften vor Augen zu leben, haben die Bewohner von Oran diese furchterregende Heimsuchung gemeistert, indem sie sich mit hässlichen Bauten umgaben. Man erwartet eine Stadt, die gegen das Meer hin offen ist, gebadet und erfrischt vom Abendwind. Und man findet eine Stadt, die, mit Ausnahme des Quartier Espagnol und des neuen Boulevard Front-de-Mer, dem Meer den Rücken kehrt, die sich in sich selber windet wie die Spiralen einer Schnecke. Oran ist eine große gelbe Rundmauer, von einem harten Himmel überdacht. Anfänglich irrt man wie in einem Labyrinth, sucht das Meer wie das Zeichen Ariadnes. Doch man dreht sich im Kreise durch die falben und bedrückenden Straßen, und schließlich werden die Bewohner Orans vom Minotaurus verschlungen: der Langeweile. Schon längst irren sie nicht mehr. Sie haben darin eingewilligt, verschlungen zu werden.

Man kann nicht wissen, was Steine bedeuten, bevor man in Oran war. In dieser staubigsten aller Städte ist der Stein Herrscher. Er wird so geliebt, dass ihn die Verkäufer in den Schaufenstern und Auslagen ausstellen, sei es, um Papierblätter zu beschweren, sei es nur zum Schein. Man häuft Steine an den Straßenrändern auf, wahrscheinlich als Augenweide, da diese Haufen nach einem Jahr noch genauso daliegen. Die Poesie, die andernorts durch die Vegetation entsteht, erhält hier ein versteinertes Antlitz. Sorgfältig wurden die etwa hundert Bäume, die man in dieser Handelsstadt findet, mit Staub bedeckt. Es sind versteinerte Pflanzen, und von ihren Ästen fällt ein herber Staubgeruch. In Algier haben die arabischen Friedhöfe die Sanftheit, die man kennt. In Oran, oberhalb der Schlucht Rasel-Ain, und diesmal dem Meer zugewandt, sind es gegen den blauen Himmel aufgeworfene steinige Felder, kreidig und locker verwittert, auf denen die Sonne blendende Feuersbrünste entzündet. Inmitten dieser Gebeine der Erde belebt da und dort eine purpurrote Geranie die Landschaft mit ihrem frischen Blut. Die ganze Stadt ist zu Gestein erstarrt. Von den Planteurs aus gesehen ist die Breite des Gestades, das Oran einengt, so groß, dass die

Landschaft vor lauter Mineral unwirklich wird. Der Mensch ist daraus verbannt. So viel wuchtige Schönheit scheint aus einer andern Welt zu kommen.

Ist die Wüste ein Ort ohne Seele, wo der Himmel einziger König ist, dann erwartet Oran seine Propheten. Rings um die Stadt und darüber ist die ganze brutale Natur Afrikas überladen mit ihrem glühenden Zauber. Sie zersprengt die unglückliche Dekoration, mit der man sie bedeckt, sie stößt ihre heftigen Schreie aus, neben jedem Haus und über alle Dächer. Steigt man auf einer der Straßen auf die Bergflanke von Santa-Cruz, so werden zuerst die verstreuten und bemalten Würfel von Oran sichtbar. Ein wenig höher, und schon ducken sich die ausgefransten Felsriffe, welche die Hochebene umringen, ins Meer wie rote Tiere. Noch höher, und große Wirbel aus Sonnenlicht und Wind überfluten, durchwehen und verwirren die lockere Stadt, die wahllos über die Felsen verstreut daliegt. Hier bekämpfen sich die herrliche Anarchie des Menschen und die beständige Dauer des immer gleichen Meeres. Und daraus hervor steigt über die Hügelwellen ein überwältigender Geruch nach Leben.

Die Wüste ist unversöhnlich. Durch den stahlblauen Himmel von Oran und die von Staub übertünchten Straßen und Bäume wird jenes dichte Universum geschaffen, wo Herz und Geist niemals von sich selbst noch von dem einzig Wichtigen, dem Menschen, abgelenkt werden. Ich spreche hier von einer mühsamen Abgeschiedenheit. Über Florenz oder Athen werden Bücher geschrieben. Diese Städte haben so viele europäische Geister geformt, dass sie zwangsläufig eine Bedeutung haben müssen. Sie tragen die Fähigkeit in sich, zu rühren oder zu begeistern. Sie stillen jenen Hunger der Seele, deren Nahrung die Erinnerungen sind. Aber wie soll man sich von einer Stadt rühren lassen, in der nichts den Geist anregt, wo selbst die Hässlichkeit anonym bleibt, wo die Vergangenheit ins Nichts zerfällt? Leere, Langeweile, ein gefühllos gleichgültiger Himmel, ist das die Magie dieses Ortes? Ohne Zweifel ist es die Einsamkeit und vielleicht das Lebende. Für eine bestimmte Art von Menschen ist alles Lebende, wo immer es schön ist, eine bittere Heimat. Oran ist eine seiner tausend Hauptstädte.

Die Spiele

Der Central Sporting Club, Foudoukstraße in Oran, gibt einen Boxabend, der von den wahren Kennern sehr geschätzt werden soll. In reinem Stil, das heißt, dass die angekündigten Kämpfer keineswegs große Stars sind, dass einige vielmehr zum ersten Mal in den Ring steigen und dass man folglich zwar weniger auf das Wissen als auf das Herz der Gegner zählen kann. Da ein Oraner mich mit der

Bemerkung »es wird Blut fließen« entflammt hat, befinde ich mich heute Abend unter den »wahren Kennern«.

Offensichtlich verlangen diese niemals Komfort. Man hat den Ring im Hintergrund einer Art weiß getünchter Garage mit Wellblechdach und greller Beleuchtung aufgestellt. Klappsessel sind im Viereck um die Seile aufgebaut. Das sind die Ehrenplätze. In der Länge des Saales wurde ebenfalls gestuhlt, und am Ende des Saales öffnet sich ein weiter, offener Raum, man könnte sagen, eine Wandelhalle, denn keiner der fünfhundert Anwesenden könnte sein Taschentuch hervorholen, ohne ein großes Unglück heraufzubeschwören. In dieser rechteckigen Kiste atmen etwa tausend Männer und zwei oder drei Frauen – solche, wie mein Nachbar meint, die sich immer bemerkbar machen wollen. Alle schwitzen heftig. In Erwartung der Debütantenkämpfer leiert ein riesiger Lautsprecher Tino Rossi. Es ist die Romanze vor dem Mord.

Die Geduld eines »wahrhaftigen Kenners« ist ohne Grenzen. Die für 21 Uhr angekündigte Veranstaltung hat um 21.30 Uhr noch nicht begonnen, und niemand protestiert. Der Frühling ist heiß, der Geruch dieser hemdsärmeligen Menschen penetrant. Es wird heftig diskutiert beim Knallen von sich öffnenden Limonadeflaschen und dem unaufhörlichen Lamento des korsischen Sängers. Neuankömmlinge werden noch unter die Zuschauer gepfercht, als die Scheinwerfer blendendes

Licht auf den Ring werfen. Die Debütantenkämpfe beginnen.

Die Anfänger, die zum Vergnügen kämpfen, wollen dies immer zeigen, indem sie sich unbedingt unter Verachtung jeglicher Technik massakrieren müssen. Sie halten nie länger als drei Runden durch. So ist der Held des Abends der junge »Kid Avion«, der für gewöhnlich auf den Caféterrassen Lotterielose verkauft. Und wirklich ist sein Gegner zu Beginn der zweiten Runde unter dem Faustschlag, der wie ein Propeller heranschwirrte, Kopf voran aus dem Ring geflogen.

Die Menge belebt sich, aber noch ist es Höflichkeit. Sie atmet ernst den geheiligten Geruch der feuchten Handtücher. Sie betrachtet diese Folge von langsamen Riten und ungeregelten Opferungen. Diese Wirkung verstärken noch die Sühnezeichnungen an der weißen Wand, die durch die Schatten der Kämpfenden entstehen. Es ist der feierliche Einstieg in einen wilden und zugleich kalkulierten Mythos. Die Trance kommt erst später.

Soeben kündigt der Lautsprecher Amar an, »den zähen Oraner, der die Waffen noch nie gestreckt hat«, gegen Perez, »den Boxer aus Algier«. Ein Laie würde das Gebrüll, mit dem die Boxer im Ring empfangen werden, falsch auslegen. Er würde vermuten, dass da irgendein sensationeller Kampf stattfindet, bei dem die Boxer einen persönlichen Streit auszufechten haben, der dem Publikum bekannt ist. Wirklich, sie haben einen Streit auszutragen. Aber es handelt sich um jenen tödlichen Streit, der seit hundert Jahren zwischen Oran und Algier besteht. Einige Jahrhunderte früher hätten sich diese beiden nordafrikanischen Städte zu Tode geblutet, wie Pisa und Florenz in glücklicheren Zeiten. Die Rivalität ist umso heftiger, als sie vermutlich keinen Grund hat. Da diese zwei Städte alle Ursache hätten, sich zu lieben, hassen sie sich umso mehr. Die Oraner beschuldigen die Leute aus Algier, sie seien eingebildet. Diese wiederum lassen hören, die von Oran hätten keine Lebensart. Dies sind blutigere Schmähungen, als es den Anschein hat, weil sie metaphysisch sind. Und da sie sich nicht belagern können, treffen, bekämpfen und schmähen sich Oran und Algier auf den Gebieten des Sportes, der Statistiken und der großen Taten.

Im Ring geschieht also Historisches. Und der zähe Oraner, von Tausenden von brüllenden Stimmen unterstützt, verteidigt gegen Perez die Lebensart und den Stolz einer Provinz. Um die Wahrheit zu sagen, führt Amar die Auseinandersetzung nicht gut. Sein Plädoyer hat einen Formfehler: Es fehlt ihm die Reichweite. Jene des Boxers aus Algier hat die gewollte Länge. Er dringt mit Überzeugung auf die Augenbrauen seines Widersachers ein. Der Oraner pariert wunderbar inmitten des Geheuls eines entfesselten Publikums. Trotz wiederholter Ermutigungen der Zuschauer und meines Begleiters, trotz der ungeduldigen »Erledige ihn!«, »Gib ihm«, »Tiefschlag«, »Oh, der Schiedsrichter ist blind«, »Er ist ausgepumpt«, »Er kann nicht mehr« wird Perez aus Algier unter nicht endendem Hohngelächter als Punktsieger ausgerufen. Mein Nachbar, der gerne von sportlichem Geist redet, applaudiert offenkundig, während er mit einer vom vielen Schreien erloschenen Stimme mir zuraunt: »So wird er wenigstens ›drüben‹ nicht sagen können, in Oran seien lauter Wilde.«

Aber im Saal entbrennen schon Kämpfe, die im Programm nicht vorgesehen waren. Stühle werden geschwungen, Polizei bahnt sich einen Weg durch die Menge, die Erregung ist auf dem Höhepunkt. Um diese guten Leute zu besänftigen und die Ruhe wiederherzustellen, wird auf Anordnung der »Direktion« durch den Lautsprecher der Marsch »Sambre-et-Meuse« gebrüllt. Während einiger Minuten ist der Saal auf höchsten Touren. Verwirrte Gruppen von Kämpfenden und gutmütigen Schiedsrichtern taumeln unter dem energischen Einsatz von Polizisten, die Zuschauer in den hinteren Reihen frohlocken und fordern die Fortsetzung mit wildem Schreien, Kikerikien oder spöttischem Miauen, was in der unwiderstehlichen Flut der Militärmusik untergeht.

Die Ankündigung des »Großen Kampfes« genügt, um die Ruhe wiederherzustellen. Dies geschieht plötzlich, ohne Mätzchen, so, wie Schauspieler von der Bühne treten, wenn das Stück zu Ende ist. Mit größter Selbstverständlichkeit wird der Staub von den Hüten geklopft, die Stühle werden wieder aufgestellt, auf allen Gesichtern zeigt sich ohne Übergang die wohlwollende Miene des ehrbaren Zuschauers, der einen Platz bezahlt hat, um einem Familienkonzert beizuwohnen.

Der letzte Kampf stellt einen Franzosen der Marine einem oranischen Boxer gegenüber. Diesmal liegt der Vorteil der Reichweite aufseiten des Letzteren. Doch während der ersten Runden haben diese Vorteile keinerlei Wirkung auf die Leute. Die Erregung flaut ab, die Menge erholt sich. Ihr Atem ist noch kurz. Wenn sie applaudiert, geschieht es ohne Leidenschaft. Die Pfiffe sind ohne Feindseligkeit. Der Saal teilt sich in zwei Lager, das gehört zur guten Regel. Aber jeder trifft seine Wahl mit jener Gleichgültigkeit, die auf die große Erschöpfung folgt. Wenn der Franzose »einsteckt«, wenn der Oraner vergisst, dass man nicht mit dem Kopf angreift, werden sie jeweils von einer Salve von Pfiffen gebeugt und sogleich wieder durch Applaus aufgerichtet. Erst in der siebten Runde steigt der Sport wieder an die Oberfläche, zu gleicher Zeit, wie die Sportbegeisterten aus ihrer Müdigkeit emportauchen. Endlich ist der Franzose zum Angriff übergegangen, auf Punkte erpicht, und hat sich auf seinen Gegner gestürzt. »Jetzt ist's so weit«, hat mein Nachbar gesagt, »jetzt kommt die Corrida.« Und es ist tatsächlich die Corrida. Von Schweiß bedeckt unter den unversöhnlichen Scheinwerfern, eröffnen die zwei Boxer ihre Attacke, schlagen zu mit geschlossenen Augen, stoßen mit den Schultern und den Knien, vermischen ihr Blut und schnauben vor Wut. Wie ein Mann hat sich der Saal erhoben und skandiert die Schläge seiner beiden Helden. Er empfängt die Schläge, gibt sie zurück, lässt sie erdröhnen durch Tausende von dumpfen und keuchenden Stimmen. Die Gleichen, die sich ihren Favoriten ohne innere Beteiligung gewählt hatten, halten eigensinnig nun an ihrer Wahl fest und geraten in Leidenschaft. Alle zehn Sekunden dringt das Schreien meines Nachbarn in mein rechtes Ohr: »Gib ihm, Blaukragen, los, Marine!«, während vor uns ein Zuschauer dem Oraner zubrüllt: »Anda! Hombre!« Der Hombre und der Blaukragen »gehen ran« und mit ihnen, in diesem Tempel aus Kalk, Wellblech und Zement, der ganze Saal, der völlig diesen schmalstirnigen Göttern ausgeliefert ist. Jeder matt klingende Schlag auf den glänzenden Brustkasten erdröhnt in enormen Schwingungen im Körper der Masse selbst, die zugleich mit den Boxern ihre letzten Kräfte anspannt.

In dieser Atmosphäre wird das unentschiedene Match schlecht aufgenommen. Es widerspricht einer wahrhaft manichäischen Empfindlichkeit des Publikums. Es gibt Gut und Böse, Sieger und Besiegte. Man hat recht oder unrecht. Den Schluss aus dieser bestechenden Logik ziehen sofort die zweitausend energischen Lungen, die die Schiedsrichter der Käuflichkeit bezichtigen. Doch der Blaukragen hat seinen Gegner im Ring umarmt und labt sich am brüderlichen Schweiß. Das genügt, um den Saal augenblicklich umzustimmen und applaudieren zu lassen. Mein Nachbar hat recht: Es sind keine Wilden.

Die Menge, die sich unter einem Himmel der Stille und Sterne zerstreut, hat den erschöpfendsten der Kämpfe geliefert. Sie schweigt, verschwindet hastig, ohne Kraft für die Diskussion der Ergebnisse. Es gibt Gut und Böse, diese Religion ist unerbittlich. Die Schar der Getreuen ist nur noch eine Ansammlung von schwarzen und weißen Schatten, die in der Nacht untertaucht. Die Kraft und die Gewalt sind eben einsame Gottheiten. Sie bieten der Erinnerung nichts. Im Gegenteil, sie teilen ihre Wundergaben mit vollen Händen der Gegenwart aus. Sie sind diesem Volk ohne Vergangenheit ebenbürtig, das sein Seelenbündnis um den Ring zelebriert. Es sind etwas komplizierte Riten, die jedoch alles vereinfachen. Das Gute und das Böse, der Sieger und der Besiegte: In Korinth standen zwei Tempel benachbart, der Tempel der Gewalt und derjenige der Not.

Die Monumente

Aus ökonomischen wie auch metaphysischen Gründen scheint sich der Stil von Oran, wenn es überhaupt einen gibt, am kraftvollsten und klarsten in einem merkwürdigen Gebäude, Haus des Kolonisten genannt, auszudrücken. Oran hat keineswegs Mangel an Monumenten. Die Stadt besitzt ihre große Zahl von Marschällen, Ministern und lokalen Wohltätern. Man begegnet ihnen auf kleinen staubigen Plätzen, dem Regen und der Sonne ausgesetzt, auch sie zu Stein und Langeweile bekehrt. Doch stellen sie nur Beiträge von außen dar. Sie bilden in dieser seligen Kulturlosigkeit die beklagenswerten Zeichen der Zivilisation.

Oran hat sich im Gegenteil seine eigenen Altäre und Rednerbühnen errichtet. Gezwungen, im Herzen der Handelsstadt ein gemeinsames Gebäude für die unzähligen landwirtschaftlichen Organisationen, von denen das Land lebt, zu errichten, beschlossen die Bürger von Oran, aus Sand und Kalk ein Haus zu bauen, ein überzeugendes Abbild ihrer Fähigkeiten: la Maison du Colon. Beurteilt man diese Fähigkeiten nach dem Gebäude, so findet man deren drei: die Kühnheit im Geschmack, die Liebe zur Gewalttätigkeit und den Sinn für historische Synthesen. Ägypten, Byzanz und München trugen zu diesem heiklen Zuckerbäckerbau bei, der eine große umgestülpte Schale darstellt. Vielfarbige, sehr wirkungsstarke Steine umrahmen das Dach. Die Lebhaftigkeit dieser Mosaike ist so überwältigend, dass man zunächst nichts als ein formloses Flimmern wahrnimmt. Aus der Nähe jedoch und mit Aufmerksamkeit betrachtet, sieht man seine Gliederung: Ein eleganter Kolonist mit Schmetterlingskrawatte und weißem Tropenhelm empfängt die Huldigungen einer Schar von Sklaven, die in antike Gewänder gekleidet sind. (Eine weitere Qualität der algerischen Rasse ist, wie man sieht, die Ehrlichkeit.) Dieses bildgeschmückte Gebäude wurde zudem im Mittelpunkt einer Kreuzung errichtet, im Pendelverkehr der kleinen Straßenbahnen, deren Schmutz einen der Reize dieser Stadt bildet.

Außerdem hält Oran sehr viel von seinen zwei Löwen auf dem Place d'Armes. Seit 1888 thronen sie zu beiden Seiten der Rathaustreppe. Ihr Schöpfer nannte sich Caïn. Sie haben Würde trotz ihres gedrungenen Leibes. Man erzählt, dass sie nachts von ihren Sockeln steigen, schweigend um den dunklen Platz kreisen und gelegentlich ausführlich unter den großen staubbedeckten Feigenbäumen urinieren. Dies sind, wie gesagt, Gerüchte, und es scheint nicht wahrscheinlich.

Trotz meiner Nachforschungen konnte ich mich nicht für Caïn begeistern. Ich erfuhr einzig, dass er im Ruf eines geschickten Tierbildners steht. Ich denke oft an ihn. Das überkommt einen so in Oran. Da ist ein Künstler mit klingendem Namen, der ein unbedeutendes Werk hinterlassen hat. Einige Tausend Menschen sind mit diesen gutmütigen Raubtieren vertraut, die er vor das anspruchsvolle Rathaus gestellt hat. Dies ist auch eine Art, in der Kunst Erfolg zu haben. Es ist klar, dass diese zwei Löwen wie tausend weitere Werke von ganz anderem zeugen als von Talent.

Kann man diese Gedanken näher bestimmen? Dieses Werk ist unbedeutend und solid. Der Geist hat daran wenig Anteil und die Materie sehr viel. Die Mittelmäßigkeit will mit allen Mitteln fortbestehen. Man verweigert ihr das Recht auf Ewigkeit, und sie nimmt es sich täglich. Ist nicht gerade sie ewig dauernd? Jedenfalls hat diese Hartnäckigkeit etwas Erschütterndes, sie gibt uns eine Lehre wie alle Monumente Orans und wie die Stadt selber. Eine Stunde täglich, einmal unter vielen, zwingt sie uns, an das zu denken, was nicht wichtig ist. Der Geist erholt sich dabei. Es ist ein wenig seine Art von Entspannung, und da er auch unbedingt seine Augenblicke der Erniedrigung braucht, scheint mir dies eine bessere Art von Stumpfsinn als anderes. Alles Vergängliche will fortbestehen. Sagen wir ruhig, dass alles dauern will. Die menschlichen Werke wollen nichts anderes, und in diesem Sinne haben die Löwen Caïns die gleichen Aussichten wie die Ruinen von Angkor. Dies bringt einen zur Bescheidenheit.

Es gibt noch andere Monumente in Oran. Jedenfalls muss man sie so nennen, weil auch sie für ihre Stadt zeugen und vielleicht auf viel bezeichnendere Art. Es sind die großen Baustellen, die die Küste über mehrere Kilometer hin bedecken. Es gilt, die leuchtendste Bucht in einen Riesenhafen zu verwandeln. Und dies gibt dem Menschen erneut Gelegenheit, sich mit dem Stein zu messen. Auf den Gemälden flämischer Maler kehrt beharrlich das gleiche Thema von bewundernswerter Größe wieder: der Turmbau von Babel. Maßlose Landschaften, Felsen, die sich in den Himmel recken, schroffe Berghänge, wo es wimmelt von Handwerkern, Tieren, Leitern, seltsamen Maschinen, Stricken, Hebeln. Der Mensch ist übrigens nur als Maßstab da, um die ungeheuerliche Größe der Baustelle anschaulich zu machen. Daran denkt man, wenn man im Westen von Oran auf der Küstenstraße steht.

Schienen, Wägelchen, Kräne, winzige Lastzüge klammern sich am steilen Hang fest. Spielzeuglokomotiven umfahren in der verzehrenden Sonne riesige Felsblöcke, unter Pfeifen, Staub und Rauch. Tag und Nacht ist ein Ameisenvolk auf dem rauchenden Gerippe des Berges tätig. An ein und demselben Seil hängend und auf die vibrierenden automatischen Bohrmaschinen gestützt, kleben ein Dutzend Männer tagelang über dem Abgrund und lösen ganze Wände aus dem Felsen, die unter Staub und Gepolter zusammenstürzen. Etwas weiter werden Wägelchen über den Abhang ausgekippt, und Felsstücke rollen und stürzen sich plötzlich ins Wasser des Meeres; jedem größeren Block folgt ein Hagelschauer kleiner Steine. In regelmäßigen Intervallen, im Herzen der Nacht oder am hellen Tag, erschüttern Sprengungen das ganze Gebirge und wühlen selbst das Meer auf.

Hier greift der Mensch den Stein frontal an. Und könnte man für einen Augenblick die harte

Sklaverei dieser Arbeit vergessen, wäre man voller Bewunderung. Diese Steine, aus den Flanken des Berges gerissen, dienen dem Werk des Menschen. Sie lagern sich unter den Wellen, tauchen auf und ordnen sich allmählich zu einem Damm, der bald von Männern und Maschinen bedeckt ist und Tag um Tag weiter fortschreitet. Ohne Unterbrechung wühlen riesige stählerne Zähne im Innern der Felsküste, drehen sich um sich selber und speien das Zuviel an Steinen ins Wasser. Mehr und mehr schwindet die Corniche, und die ganze Küste wächst unaufhaltsam ins Meer.

Allerdings kann man den Stein nicht zerstören. Man kann ihn nur versetzen. Er wird länger dauern als alle die Menschen, die von ihm Gebrauch machen. Gegenwärtig unterstützt er ihren Willen zur Tätigkeit. Auch das ist wahrscheinlich unnötig. Doch die Dinge zu verlagern ist die Arbeit der Menschen: Man muss zwischen diesem Tun und dem Nichtstun wählen. Diese Anstrengung ist einen Versuch wert. Man muss ihn unternommen haben. Danach kann man handeln oder auch nicht, und zwar in Kenntnis der Sachlage. Die Leute von Oran haben sichtlich gewählt. Vor dieser gleichgültigen Bucht werden sie noch jahrelang Steine die Küste entlang aufhäufen. In hundert Jahren, das heißt morgen, werden sie von Neuem beginnen müssen. Doch heute legen diese aufgetürmten Felsklötze Zeugnis ab für die Menschen mit ihrer Maske aus Staub und Schweiß, die dazwischen herumgehen. Die wahren Monumente Orans sind immer noch die Steine.

Der Stein Ariadnes

Die Bewohner von Oran scheinen jenem Freund Flauberts zu gleichen, der sterbend ein letztes Mal auf diese unwiederbringliche Erde schaute und ausrief: »Schließt das Fenster, es ist zu schön.« Sie haben das Fenster geschlossen, sie haben sich eingemauert, sie haben die Landschaft entzaubert ... Doch Le Poittevin ist gestorben, und nach ihm haben die Tage sich weiter den Tagen angereiht. Und ebenso führen jenseits der gelben Mauern Orans das Meer und die Erde ihre gleichgültige Zwiesprache weiter. Dies Beständige der Welt hat von jeher eine gegensätzliche Wirkung auf den Menschen ausgeübt. Es bringt ihn zur Verzweiflung und begeistert ihn. Die Welt sagt niemals nur eine Sache, von der man erst gepackt, bald aber ihrer überdrüssig wird. Doch schließlich siegt die Welt durch ihre Beharrlichkeit. Sie hat immer recht.

Bereits bei den Toren Orans erhebt die Natur ihre Stimme. Gegen Canastel hin liegt ungeheures Brachland, überwachsen mit duftendem Gestrüpp. Sonne und Wind reden hier nur von Einsamkeit. Oberhalb von Oran erhebt sich der Berg Santa-Cruz, die Hochebene mit den tausend Hohlwegen, die hinaufführen. Straßen, welche früher befahrbar waren, klammern sich an die Hänge der Hügel, die über dem Meer emporragen. Einige sind im Januar mit Blumen übersät. Gänseblümchen und Dotterblumen verwandeln sie in prunkvolle Alleen, weiß und gelb bestickt. Von Santa-Cruz ist schon alles gesagt worden. Doch wenn ich davon zu erzählen hätte, würde ich die Pilgerzüge, die an großen Feiertagen den steilen Hügel erklimmen, nicht erwähnen, sondern anderer Wallfahrer gedenken. Einsam schreiten sie über den roten Stein, erheben sich über die regungslose Bucht und weihen der Kargheit eine leuchtende und vollkommene Stunde.

Oran hat auch seine Sandwüste: den Strand. Nahe den Stadttoren gelegen, ist er nur im Winter und Frühling einsam. Es sind Flächen, übersät mit Goldwurz, bevölkert von kleinen, nackten Villen, inmitten von Blumen. Weiter unten rauscht dumpf das Meer. Schon lässt alles den Sommer erraten, Sonne und leichte Winde, das sanfte Weiß der Blüten, das grelle Blau des Himmels, auch die müßige Jugend, die dann den Strand bedeckt, die langen Stunden auf dem Sand und die plötzliche Milde der Abende. Jedes Jahr gibt es an diesen Ufern eine neue Ernte blühender Mädchen. Sie blühen offensichtlich nur einen Sommer. Das folgende Jahr ersetzt sie durch andere heiße Blüten, die im vergangenen Sommer noch kleine Mädchen gewesen waren, mit harten Körpern wie Knospen. Um elf Uhr morgens ergießt sich diese frische Schar, nur spärlich mit bunten Stoffen bekleidet, auf den Strand wie eine farbige Woge.

Man muss weitergehen – erstaunlich nah jedoch von diesem Ort, wo zweihunderttausend Menschen sich im Kreise drehen –, um eine unberührte Landschaft zu entdecken: lange, einsame Dünen, wo als einzige Spur der Menschen eine wurmstichige Hütte steht. Da und dort treibt ein arabischer Hirte die schwarzen und hellbraunen Flecken seiner Ziegenherde über die Gipfel der Dünen. Auf diesen Gestaden von Oran sind alle Sommermorgen wie die ersten der Welt. Jede Abenddämmerung scheint die letzte zu sein, eine feierliche Agonie, die bei sinkender Sonne durch ein Licht angekündigt wird, das alle Farben vertieft. Das Meer ist ultramarin, die Straße wie geronnenes Blut, der Strand gelb. Alles verschwindet mit der grünen Sonne; eine Stunde später sind die Dünen vom Mondlicht überrieselt. Nächte ohne Maß, unter einem Regen von Sternen. Manchmal werden sie von Gewittern durcheilt, und die Blitze gleiten die Dünen entlang, lassen den Himmel erbleichen und streuen auf den Sand und in die Augen orangeglühende Schimmer.

Doch dies kann man nicht mitteilen. Man muss es erlebt haben. So viel Einsamkeit und Größe prägen das unvergessliche Antlitz dieser Landschaft. Im frühen lauen Morgengrauen, wenn die ersten schwarzen und noch bitteren Wogen vorüber sind, zerteilt ein neues Wesen die so schweren Wasser der Nacht. Wenn ich mich an diese Freuden erinnere, fühle ich keine Reue, also waren sie gut. Nach so vielen Jahren sind sie noch lebendig, irgendwo in diesem Herzen, das doch schwer die Treue hält. Und ich weiß, dass heute noch, wollte ich dorthin gehen, der gleiche Himmel seine Ladung von Wind und Sternen über die öden Dünen ausschütten wird. Hier finden wir noch die Unschuld.

Die Unschuld jedoch braucht den Sand und die Steine. Und der Mensch hat verlernt, in ihrer Mitte zu leben. Das muss man schließlich annehmen, da er sich in dieser merkwürdigen Stadt verschanzt hat, in der die Langeweile ruht. Und doch macht diese Gegenüberstellung Oran so reizvoll. Als Hauptsitz der Langeweile, belagert von der Unschuld und der Schönheit, wird Oran umschlossen von einer Armee, die aus ebenso vielen Soldaten wie Steinen besteht. Und doch, wie wird in dieser Stadt zu manchen Stunden die Versuchung groß, zum Feind überzugehen! Die Versuchung, sich mit diesen Steinen zu identifizieren, sich zu vermengen mit diesem brennenden und unversöhnlichen Universum, welches die Geschichte und ihre Unruhen herausfordert! Es ist umsonst. Doch wohnt in jedem Menschen ein tiefer Instinkt, der weder der des Zerstörens noch der des Erschaffens ist. Es ist nur wichtig, mit nichts vergleichbar zu sein.

Im Schatten der heißen Mauern Orans, auf dem staubigen Asphalt, vernimmt man zuweilen diese

Einladung. Es scheint, dass für eine bestimmte Zeit der Geist, der ihr nachgibt, nicht hintergangen wird. Es sind Eurydikes Dunkelheiten und der Schlaf der Isis. Hier sind die Wüsten, wo der Gedanke sich wieder auffängt, wo die kühle Hand des Abends auf erregtem Herzen liegt. Auf diesem Ölberg scheint das Wachen unnötig; der Geist vereinigt sich mit den schlafenden Aposteln und stimmt ihnen zu. Hatten sie denn unrecht? Auch sie hatten ja ihre Erleuchtung.

Denken wir an Cakia-Mouni in der Wüste. Er harrte dort lange Jahre, niedergekauert, unbeweglich, die Augen zum Himmel erhoben. Die Götter selbst neideten ihm diese Weisheit und das Los des Steines. In seinen ausgestreckten, steifen Händen nisteten die Schwalben. Doch eines Tages flogen sie fort und folgten dem Ruf ferner Länder. Und er, der in sich Begehren und Wollen, Ruhm und Schmerz abgetötet hatte, er weinte. So geschieht es auch, dass Blumen dem Felsen entsprießen. Bejahen wir den Stein, wenn es sein muss. Dieses Geheimnis und diese Begeisterung, die wir im menschlichen Antlitz erwarten, auch der Stein kann sie uns geben. Freilich, es könnte nicht fortbestehen. Doch was hat Bestand? Das Geheimnis des Gesichtes verschwindet, und wir werden von Neuem in Sehnsüchte verstrickt. Und wenn der Stein nicht mehr für uns vermag als das menschliche Herz, so kann er doch ebenso viel geben.

»Nichts sein.« Seit Jahrtausenden hat dieser

Schrei Millionen von Menschen aufgewühlt, im Kampf gegen Begierde und Schmerz. Das Echo drang hinsterbend bis hierher, durch die Jahrhunderte und die Ozeane hindurch, über das älteste Meer der Erde. Es prallt noch dumpf auf gegen die dicht gedrängten Klippen Orans. Jeder folgt hier in diesem Lande, ohne es zu wissen, diesem Rat. Wohlverstanden, es ist beinahe umsonst. Das Nichts kann man ebenso wenig erreichen wie das Absolute, doch da wir, wie ebenso viele Wunder, in den Rosen und dem menschlichen Leid ewige Zeichen empfangen, verwerfen wir doch nicht die seltenen Aufforderungen zum Schlaf, die die Erde uns gibt. Sie sind, die einen wie die anderen, voller Wahrheit.

Dies mag der Faden der Ariadne für diese schlafwandelnde und wahnsinnige Stadt sein. Man erlernt dort die einstweiligen Tugenden einer gewissen Langeweile. Will man verschont bleiben, muss man »Ja« sagen zum Minotaurus. Es ist eine alte fruchtbare Weisheit. Über dem Meer, das am Fuß der roten Felsen schweigend ruht, genügt es, sich im richtigen Gleichgewicht zu halten, in der Mitte zwischen den beiden Massiven der Landvorsprünge, die links und rechts im hellen Wasser stehen. Im Keuchen eines Küstenboots, das über das Wasser kriecht, in strahlendes Licht gebadet, vernimmt man alsdann deutlich den erstickten Ruf nicht irdischer und funkelnder Kräfte: Es ist der Abschied des Minotaurus.

Es ist Mittag, der Tag selber ist in der Schwebe. Der Reisende hat seinen Ritus erfüllt und empfängt den Lohn der Befreiung: den kleinen Stein, den er auf der Klippe aufliest, trocken und weich wie Goldwurz. Für den Eingeweihten ist die Welt nicht schwerer zu tragen als dieser Stein. Die Aufgabe des Atlas ist leicht, er muss nur die richtige Stunde erkennen. Somit versteht man, dass sich diese Ufer für eine Stunde, einen Monat, ein Jahr der Freiheit ergeben können. Sie nehmen wahllos durcheinander, ohne auf sie zu achten, den Mönch, den Beamten oder den Eroberer auf. An manchen Tagen erwartete ich in den Straßen Orans die Begegnung mit Descartes oder Cesare Borgia. Es geschah nicht. Ein anderer wird vielleicht mehr Glück haben. Eine große Tat, ein großes Werk, die männliche Meditation verlangten früher nach der Einsamkeit der Wüsten oder des Klosters. Dort hielt der Geist seine Nachtwachen. Wo hielte man sie heute besser ab als in der Leere einer großen Stadt, die für lange Zeit in geistlose Schönheit eingebettet liegt?

Hier ist der kleine Stein, sanft wie Goldwurz, zu Beginn von allem. Die Blumen, die Tränen – wenn man will –, Abschied und Kämpfe sind für morgen. In der mittäglichen Stunde, wenn der Himmel seine Lichtfluten in die unendliche und klingende Weite ergießt, gleichen die Riffe einer aufbrechenden Flotte, die in See stechen will. Diese schweren Galionen aus Fels und Licht zittern auf ihren

Kielen, als wollten sie zu den Sonneninseln segeln. O Morgenstunden in Oran! Von den Höhen tauchen die Schwalben in unermessliche Becken brodelnder Luft. Die ganze Küste ist zum Aufbruch bereit, der Schauder des Abenteuers liegt über ihr. Morgen, vielleicht, werden wir zusammen fortgehen.

Die Mandelbäume

»Wissen Sie, was ich am meisten bewundere?«, sagte Napoleon zu Fontanes. »Die Ohnmacht der Gewalt, etwas zu erschaffen. Es gibt nur zwei Mächte in der Welt: das Schwert und den Geist. Auf die Dauer wird das Schwert immer durch den Geist besiegt.«

Eroberer sind, wie es scheint, zuweilen melancholisch. Man muss schon einen gewissen Preis bezahlen für so viel eitlen Ruhm. Doch was vor hundert Jahren für das Schwert zutraf, gilt heute nicht mehr im selben Maß für den Panzerkrieg. Die Eroberer sind an der Macht, und das dumpfe Schweigen der Stätten ohne Geist hat sich für einige Jahre über ein zerrissenes Europa gelagert. Zur Zeit der grausamen Kriege in Flandern konnten die holländischen Maler vielleicht die Tiere ihres Geflügelhofes malen. Ebenso hat man den Dreißigjährigen Krieg vergessen, und doch leben in einigen Herzen die Gebete der silesischen Mystik weiter. Doch heute ist es anders, sowohl Maler wie Mönch sind mobilisiert: Wir sind solidarisch in dieser Welt. Der Geist hat seine königliche Sicherheit verloren, die selbst ein Eroberer anerkennen musste; er erschöpft sich, die brutale Gewalt zu verfluchen, die er nicht mehr meistert.

Brave Leute pflegen zu behaupten, dies sei von Übel. Wir wissen nicht, ob es ein Übel ist, doch wir wissen, dass es so ist. Man hat sich in der Folge damit auseinanderzusetzen. Es genügt zu erkennen, was wir wollen. Und gerade das wollen wir: uns nie mehr vor dem Schwert beugen, nie mehr der Gewalt ein Recht einräumen, die sich nicht in den Dienst des Geistes stellt.

Es ist dies in Wahrheit eine Aufgabe ohne Ende. Doch wir sind da, um sie fortzusetzen. Ich glaube zu wenig an die Vernunft noch an irgendeine Philosophie der Weltgeschichte, um mich dem Fortschritt zu verschreiben. Doch ich glaube wenigstens daran, dass sich die Menschen über ihr Schicksal immer bewusster geworden sind. Wir haben unsere Lage keineswegs überwunden, aber wir erkennen sie besser. Wir wissen uns in Widersprüche verstrickt, doch wir wissen auch, dass wir diese Widersprüche ablehnen und alles daransetzen müssen, sie zu verringern. Unsre Lebensaufgabe besteht darin, die wenigen Formeln zu finden, die die unendliche Qual der freien Seelen mildern. Wir müssen das Zerrissene zusammenfügen, einer so offensichtlich ungerechten Welt die Vorstellung der Gerechtigkeit wiederbringen und den vom Unheil des Jahrhunderts vergifteten Völkern die Bedeutung des Glücks neu schenken. Es ist dies natürlich eine übermenschliche Aufgabe. Doch man nennt jene Aufgaben übermenschlich, die den Menschen lange Zeit kosten, sie zu erfüllen. Das ist alles.

Seien wir uns bewusst, was wir wollen; bleiben wir standhaft und treu dem Geist, selbst wenn die Gewalt, um uns zu verführen, die Gestalt einer Idee oder der Bequemlichkeit annimmt. Vor allen Dingen sollen wir nicht verzweifeln. Hören wir nicht auf jene, die mit dem Weltuntergang drohen. Die Zivilisationen sterben nicht so leicht, und sollte auch diese Welt zugrunde gehen, dann gingen erst andere vor ihr zugrunde. Es ist wahr, wir leben in einer tragischen Epoche. Doch allzu viele Menschen verwechseln Tragik mit Verzweiflung. »Das Tragische«, sagte Lawrence, »sollte wie ein großer Fußtritt sein, den man dem Unglück versetzt.« Dies ist ein gesunder Gedanke und sofort anwendbar. Es gibt heutzutage viele Dinge, die diesen Fußtritt verdienen.

Als ich in Algier lebte, geduldete ich mich den ganzen Winter hindurch, weil ich wusste, dass in einer Nacht, in einer einzigen kalten und reinen Februarnacht, die Mandelbäume der Vallée des Consuls sich mit weißen Blüten bedecken würden. Und ich war jedes Mal verwundert, wie dieser zarte Blütenschnee allen Regen und Meerwinden trotzte. Und doch dauerte jedes Jahr das Blühen gerade so lange, als es braucht, um die Früchte vorzubereiten.

Dies ist kein Symbol. Wir können unser Glück

nicht mit Symbolen erkaufen. Dazu braucht es größeren Ernst. Ich will damit nur sagen, dass ich mich, wenn die Last des Lebens zu schwer wird in diesem Europa, das so angefüllt ist mit seinem Unglück, jenen Ländern zuwende, wo noch so viele Kräfte brachliegen. Ich kenne sie zu gut und weiß, dass sie das auserwählte Land sind, wo die beschauliche Versenkung und der Mut ins Gleichgewicht kommen können. Das Nachdenken über ihr Beispiel hat mich gelehrt, dass man, will man den Geist retten, seine klagenden Tugenden ignorieren und seine Kraft und sein Ansehen preisen muss. Diese Welt ist von Unglück vergiftet und scheint sich darin zu gefallen. Sie ist ganz jenem Übel ausgeliefert, das Nietzsche den Geist der Schwere nannte. Hüten wir uns davor. Es ist vergeblich, dem Geist nachzutrauern, es genügt, für ihn zu wirken.

Doch wo sind die kämpferischen Tugenden des Geistes? Der gleiche Nietzsche hat sie als die Todfeinde des Geistes der Schwere bezeichnet; diese sind die Charakterstärke, der Geschmack, das Weltliche, das klassische Glück, der harte Stolz, die kalte Genügsamkeit des Weisen. Diese Tugenden sind mehr denn je notwendig, und ein jeder wähle die, die ihm entspricht. Vor der Ungeheuerlichkeit der begonnenen Aufgabe vergesse man vor allem die Charakterstärke nicht. Ich spreche nicht von jener Charakterstärke, welche auf den Wahltribünen von Stirnrunzeln und Drohungen begleitet ist.

Ich spreche von jener, die allen Meerwinden trotzt, durch die Kraft der Reinheit und ihrer Lebenssäfte. Sie ist es, die in der winterlichen Welt die neue Frucht bereiten wird.

Prometheus in der Hölle

> Es schien mir, dass etwas dem
> Göttlichen mangelte, solange man ihm
> nichts gegenüberzustellen hatte.
>
> Lukian, *Prometheus im Kaukasus*

Was bedeutet uns heutigen Menschen Prometheus? Man könnte zweifellos sagen, dass dieser gegen die Götter sich aufbäumende Rebell das Vorbild des heutigen Menschen sei, und dass dieser Protest, der sich vor Tausenden von Jahren in den Einöden Skythiens erhob, heute in einer geschichtlichen Umwälzung zu Ende geht, die ohnegleichen ist. Doch gleichzeitig mahnt uns etwas, dass dieser Verfolgte in uns weiterwirkt und wir noch taub sind für den großen Schrei der menschlichen Revolte, für die er das einsame Signal gegeben hat.

Der heutige Mensch teilt sein Leiden auf der engen Erdoberfläche mit einer erstaunlichen Menschenmenge; er entbehrt des Feuers und der Nahrung, und die Freiheit ist ein Luxus, der noch in weiter Ferne liegt; diesem Menschen bleibt nur übrig, immer noch etwas mehr zu leiden, wie der Freiheit und ihren letzten Zeugen nur übrig bleibt, immer mehr zu verschwinden. Prometheus war jener Heros, der die Menschen genügend liebte, um ihnen zugleich Feuer und Freiheit, Technik und Kunst zu schenken. Die heutige Menschheit glaubt einzig an die Technik. In ihren Maschinen entdeckt sie ihre Stärke und hält die Kunst und deren Ansprüche für ein Hemmnis und ein Zeichen der Knechtschaft. Hingegen ist es für Prometheus kennzeichnend, dass er die Maschine nicht von der Kunst trennen kann. Er glaubt an eine gleichzeitige Befreiung des Körpers und der Seele. Der heutige Mensch glaubt, zuerst den Körper befreien zu müssen, selbst wenn der Geist – vorübergehend – zugrunde ginge. Doch – kann der Geist nur vorübergehend sterben? Kehrte Prometheus wieder, würden die Menschen heute wie die Götter damals handeln: Sie würden ihn an den Felsen schmieden im Namen eben jener Menschlichkeit, deren erstes Symbol er ist. Und die feindlichen Stimmen, die jetzt den Besiegten schmähen würden, wären wieder die der äschyleischen Tragödie: die Stimmen der Macht und der Gewalt.

Lasse ich mich von der harten Gegenwart, den kahlen Bäumen, dem Winter der Welt beeinflussen? Gerade diese Sehnsucht nach Licht rechtfertigt mich: Sie redet von einer andern Welt, meiner wahren Heimat. Ist sie noch für einige wenige Menschen sinnvoll? Im selben Jahr, da der Krieg entbrannte, sollte ich aufbrechen, um den Irrfahrten des Odysseus wieder zu folgen. Zu jener Zeit konnte sogar ein unbemittelter junger Mann den kostspieligen Plan fassen, ein Meer auf der Suche nach dem Licht zu überqueren. Doch dann tat ich wie alle andern. Ich habe mich nicht eingeschifft. Ich habe mich in die Reihe eingefügt, die vor den offenen Höllentoren aufmarschierte. Nach und nach sind wir eingetreten. Und beim ersten Schrei der gemordeten Unschuld schlugen die Tore hinter uns zu. Wir waren in der Hölle und sind nie mehr herausgekommen. Seit sechs Jahren suchen wir uns damit abzufinden. Die lebenswarmen Bilder der glücklichen Inseln erscheinen uns nur noch hinter weiteren kommenden Jahren ohne Feuer und ohne Sonne.

Wie soll man in diesem feuchten und schwarzen Europa nicht mit einem zitternden Bedauern und mit schwer zu tragender Mitschuld die Worte des alten Chateaubriand vernehmen, die er dem nach Griechenland aufbrechenden Ampere zurief: »Sie werden kein Blatt der Olivenbäume, keine Traubenbeere wiederfinden, die ich in Attika sah. Ich traure selbst dem Gras meiner Zeit nach. Ich hatte keine Kraft, ein Heidekraut wieder zum Leben zu erwecken.« Und wir, unserm jungen Blut zum Trotz in das grässliche Alter des Jahrhunderts gesunken, wir trauern manchmal den Grashalmen aller Zeiten nach, den Olivenzweigen, die wir für uns nicht mehr sehen werden, und den Trauben der Freiheit. Der Mensch ist überall, überall sein Schrei, sein Schmerz und sein Drohen. Inmitten so vieler zusammengedrängter Kreaturen bleibt kein Ort für das Zirpen der Grillen. Die Geschichte ist unfruchtbarer Boden, wo kein Heidekraut wächst. Und doch: Der heutige Mensch hat seine Geschichte gewählt, und er konnte und sollte sich nicht von ihr abwenden. Aber statt sie sich untertan zu machen, lässt er sich Tag für Tag von ihr mehr in die Knechtschaft drängen. Hier verrät er Prometheus, diesen Sohn »mit den kühnen Gedanken und dem leichten Herzen«. Hier kehrt er zurück zum menschlichen Elend, daraus Prometheus ihn retten wollte. »Sie sahen, ohne zu sehen, sie hörten, ohne zu hören, den Gestalten des Traumes gleich …«

Ja, ein Abend in der Provence, die vollkommene Linie eines Hügels, der Geschmack von Salz genügt, um zu erkennen, dass alles neu zu schaffen ist. Wir haben das Feuer neu zu erfinden, die Werkstätten neu zu erbauen, um den Hunger des Körpers zu beschwichtigen. Attika, die Freiheit und ihre Ernten, das Brot der Seele, sind für später. Was bleibt uns mehr, als uns zuzurufen: »Sie werden nie mehr sein, oder dann für andere«, und nun alles daranzusetzen, dass wenigstens jene andern nicht beraubt sein werden. Wir, die wir dies mit Schmerzen fühlen und es dennoch mit einem Herzen ohne Bitterkeit anzunehmen versuchen, sind wir denn zu spät oder zu früh, und werden wir die Kraft haben, das Heidekraut zum Blühen zu bringen?

Auf diese Frage, die sich in unserm Jahrhundert

erhebt, glaubt man die Antwort des Prometheus zu hören. Wahrlich, er hat es schon gesagt: »Ich verspreche euch die Erneuerung und die Versöhnung, o Sterbliche, wenn ihr genügend geschickt, genügend rechtschaffen und genügend stark seid, sie mit euren Händen zu vollbringen.« Wenn es wahr ist, dass das Heil in unsern Händen liegt, so werde ich die aufgeworfene Frage dieses Jahrhunderts bejahen, wegen dieser überlegten Kraft, dieses eingeweihten, wissenden Mutes, den ich immer wieder in einigen meiner Freunde erkenne. »O Gerechtigkeit, o meine Mutter«, ruft Prometheus, »du siehst, wie sie mir Leid zufügen.« Und Hermes spottet über den Helden: »Ich bin erstaunt, da du doch Seher bist, dass du diese Leiden nicht vorausgesehen hast.« – »Ich wusste es«, antwortet der Rebell. Die Männer, von denen ich spreche, sind ebenfalls Söhne der Gerechtigkeit. Auch sie leiden in ihrer Bewusstheit um alle. Sie wissen, dass es keine blinde Gerechtigkeit gibt, dass die Geschichte nicht vorhersehen kann und dass man folglich ihre Gerechtigkeit zurückweisen muss, um sie, soweit möglich, durch die Gerechtigkeit des Geistes zu ersetzen. In diesem Sinne kehrt Prometheus in unserm Jahrhundert wieder.

Die Mythen leben nicht aus sich selbst. Sie warten darauf, dass wir sie verkörpern. Ein einziger Mensch auf der Welt antwortet ihrem Ruf, und sie bringen uns ihre unberührten Lebenssäfte dar. Diesen einen müssen wir bewahren und müssen wachen, dass sein Schlaf nicht tödlich ist, damit die Wiedergeburt möglich werde. Manchmal zweifle ich, ob es erlaubt ist, den heutigen Menschen zu retten. Doch die Kinder dieses Menschen kann man retten in ihrem Körper und in ihrem Geist. Man schenke ihnen gleichzeitig die Möglichkeiten des Glückes und die der Schönheit. Wenn wir uns damit abfinden müssen, ohne die Schönheit und die Freiheit, die sie bedeutet, zu leben, so erinnert der Mythos des Prometheus daran, dass jede Einschränkung des Menschen nur vorübergehend sein kann und dass man dem Menschen nur dient, wenn man ihm ganz dient. Hungert er nach Brot und nach Heidekraut, und ist es wahr, dass das Brot notwendiger ist, lehren wir ihn die Erinnerung an das Heidekraut bewahren. Im dunkelsten Herzen der Geschichte werden die Geschöpfe des Prometheus, ohne ihr hartes Werk zu unterbrechen, auf die Erde blicken und auf das unermüdliche Gras. Der gefesselte Held bewahrt inmitten von Blitzen und göttlichem Donner seinen ruhigen Glauben an den Menschen. Und so ist er härter als der Fels und geduldiger als der Geier. Mehr als seine Revolte gegen die Götter hat diese lange, geduldete Beharrlichkeit Wert für uns. Und es ist dieser bewundernswerte Wille, nichts zu trennen noch abzusondern, der immer wieder das leidende Herz der Menschen versöhnt hat.

Kleiner Führer durch Städte ohne Vergangenheit

Die Sanftheit Algiers ist beinahe italienisch. Der grausame Glanz Orans hat etwas von Spanien. Auf einem Hügel über den Schluchten des Rummel aufragend, erinnert Constantine an Toledo. Aber Italien und Spanien strömen über von Erinnerungen, Kunstwerken und bedeutenden kulturellen Spuren. Und Toledo hatte seinen Greco und seinen Barrès. Die Städte hingegen, von denen ich spreche, haben keine Vergangenheit. Es sind Städte ohne Hingabe und ohne Zärtlichkeit. In den Stunden der Langeweile, den Ruhestunden, ist die Trauer unerbittlich und ohne Melancholie. Im Licht des Morgens oder im naturhaften Prunk der Nächte ist die Lust hingegen ohne Sanftmut. Diese Städte bieten nichts der Betrachtung und den Leidenschaften alles. Sie sind weder für die Weisheit geschaffen noch für den nuancierten Geschmack. Ein Barrès und seinesgleichen würden von ihnen zermalmt.

Reisende, die Leidenschaft suchen (Leidenschaft der andern), allzu nervöse Intellektuelle, Ästheten und Jungvermählte würden bei einer Reise nach Algerien nichts gewinnen. Man möchte niemandem raten, sich für immer dahin zurückzuziehen, es sei denn, er verspüre eine absolute Berufung. In Paris bin ich manchmal versucht, Leuten, die mich über Algerien ausfragen, zuzurufen: »Geht nicht hin!« Dieser Scherz birgt einen wahren Kern. Denn ich sehe wohl, was sie erwarten und nicht finden werden. Und ich kenne zugleich den Zauber und die heimtückische Macht dieses Landes, die einschmeichelnde Weise, mit der es die Zögernden zurückhält, sie lähmt, ihnen erst die Fragen entzieht, um sie schließlich einzulullen im alltäglichen Leben. Die Offenbarung dieses Lichtes, das durch seine strahlende Helligkeit geradezu schwarz-weiß erscheint, hat im Anfang etwas Atemberaubendes. Man gibt sich hin, man bleibt und merkt erst allmählich, dass dieser allzu strahlende Glanz der Seele nichts zu geben vermag und nur ein maßloser Genuss ist. Dann möchte man zum Geist zurückfinden. Doch die Menschen dieses Landes haben, und das ist ihre Stärke, offensichtlich mehr Herz als Geist. Sie können Freunde sein (und was für Freunde!), aber sie werden nie Vertraute sein. Und dies mag erschreckend scheinen in Paris, wo ein so großer Austausch der Seelen stattfindet, wo das Wasser der Vertraulichkeiten mit leisem Plätschern dahinströmt, unversiegbar zwischen den Brunnen, den Statuen, den Gärten. Dieses Land erinnert am meisten an Spanien. Doch Spanien ohne die Tradition wäre bloß eine schöne Wüste. Und außer denen, die durch Zufall hier geboren wurden, gibt es nur eine ganz bestimmte Art von

Menschen, die daran denken können, sich in der Wüste für immer niederzulassen. Da ich in der Wüste geboren wurde, kann ich nicht wie ein Besucher darüber sprechen. Zählt man die Reize einer geliebten Frau einzeln auf? Nein, man liebt sie ganz, mit einer besonderen Schwäche für das eine oder andere.

Genauso habe ich mit Algerien ein langes Verhältnis, das wohl nie aufhören wird und das mich hindert, ganz objektiv zu sein. Einzig wenn man sich sehr Mühe gibt, wird man sozusagen abstrakterweise das unterscheiden können, was man am Geliebten besonders liebt. Diese »Schularbeit« kann ich ja hier in Bezug auf Algerien versuchen.

Vor allem ist die Jugend schön. Die Araber von Natur und auch die andern. Die Franzosen von Algerien sind eine zufällige Mischrasse. Spanier und Elsässer, Italiener, Malteser, Juden, Griechen sind sich hier begegnet. Diese außergewöhnlichen Vermischungen haben – wie in Amerika – zu glücklichen Ergebnissen geführt. Seht euch in Algier die Handgelenke der Frauen und der jungen Männer an, und denkt an jene in der Pariser Métro.

Der noch junge Reisende wird auch feststellen, dass die Frauen schön sind. Am besten beobachtet man dies von der Terrasse des Café des Facultés, Rue Michelet in Algier, an einem Sonntagmorgen im April. Ganze Scharen von jungen Frauen, mit Sandalen und leichten bunten Stoffen bekleidet, spazieren die Straße auf und ab. Man darf sie ohne falsche Scham bewundern: Sie sind dafür gekommen. Auch die Bar Cintra, Boulevard Galliéni in Oran, ist ein guter Beobachtungsposten. In Constantine spaziere man um den Musikkiosk. Doch da das Meer Hunderte von Kilometern entfernt ist, fehlt vielleicht den Frauen hier irgendetwas. Im Allgemeinen bietet Constantine wegen seiner geografischen Lage weniger Annehmlichkeiten, doch ist dort die Langeweile feiner.

Wenn der Reisende im Sommer ankommt, soll er als Erstes an den Strand gehen. Dort wird er dieselbe Jugend antreffen, noch strahlender, weil weniger bekleidet. Die Sonne verleiht ihr die schläfrigen Augen großer Tiere. In diesem Hinblick ist der Strand von Oran am schönsten, weil die Natur und die Frauen am wildesten sind.

An Malerischem bietet Algier eine Araberstadt, Oran ein Negerviertel und ein spanisches Quartier, Constantine ein Judenviertel. Algier hat eine lange Kette von Boulevards längs des Meeres; man muss dort nachts herumbummeln. Oran hat wenig Bäume, doch die schönsten Steine. Constantine besitzt eine Hängebrücke, auf der man sich fotografieren lässt. Bei starkem Wind schaukelt die Brücke über den tiefen Schluchten des Rummel, und das gibt einem das Gefühl von Gefahr.

Dem sensiblen Touristen empfehle ich, falls er nach Algier geht, unter den Gewölben des Hafens eine Anisette zu trinken, des Morgens bei der Pêcherie frisch grillierten Fisch zu kosten; er höre sich arabische Musik an in einem kleinen Café an der Rue de la Lyre, dessen Namen ich vergessen habe; er setze sich um sechs Uhr abends zu Füßen der Statue des Herzogs von Orléans, Place du Gouvernement (nicht wegen des Herzogs, sondern der Leute wegen, die vorbeigehen); er speise im Restaurant Padovani, einer Art Dancing auf Pfählen, am Meer, wo das Leben leicht ist; er besuche die arabischen Friedhöfe, um dort Ruhe und Schönheit zu finden, er rauche eine Zigarette Rue des Bouchers in der Kasbah, inmitten von Milz, Leber, Gekröse und blutigen Lungen (die Zigarette ist nötig, da dieses Mittelalter streng riecht).

Im Übrigen sollte man in Oran schlecht über Algier sprechen (und die kommerzielle Überlegenheit des Hafens von Oran betonen), sich in Algier über Oran lustig machen (ohne Vorbehalt zustimmen, dass die Oraner »nicht zu leben verstehen«) und jederzeit bescheiden die Überlegenheit Algeriens über Frankreich anerkennen. Nach diesen Zugeständnissen hat man Anlass, die wirkliche Überlegenheit des Algeriers über den Franzosen zu entdecken, das heißt, seine grenzenlose Freigebigkeit und seine natürliche Gastfreundschaft.

Und an diesem Punkte könnte ich vielleicht die Ironie sein lassen. Schließlich ist die beste Art, über das, was man liebt, zu sprechen, wenn man es leichthin tut. Wenn ich von Algerien spreche, habe ich immer Angst, jene Saite in meinem Innern zu berühren, deren blinden und ernsten Gesang ich allzu gut kenne. Doch kann ich zumindest sagen, dass es meine Heimat ist und dass ich an jedem Ort der Welt ihre Söhne und meine Brüder an meinem Freundeslachen erkenne, mit dem ich sie begrüße. Ja, alles, was ich an diesen algerischen Städten liebe, ist untrennbar mit ihren Menschen verbunden. Darum bin ich so gerne dort, in den Abendstunden, wenn aus den Büros und den Häusern in die noch unbeleuchteten Straßen eine schwatzende Menge strömt, die sich bis zu den Boulevards am Meer ergießt und allmählich verstummt, je mehr die Nacht hereinbricht und sich die Lichter des Himmels, die Leuchttürme der Bucht und die Straßenlaternen in undeutlichem Geflimmer vermengen. Ein ganzes Volk versammelt sich so am Meer, tausend Einsamkeiten sprühen aus der Menge hervor. Dann beginnen die großen Nächte Afrikas, das königliche Exil, die hoffnungslose Erregung, die den einsamen Reisenden erwarten …

Nein, wirklich, geht nicht hin, wenn ihr ein laues Herz habt, wenn eure Seele ein armes Tier ist! Doch für jene, die die Zerrissenheit des Ja und des Nein kennen, des Mittags und der Mitternacht, des Aufruhrs und der Liebe, für jene endlich, die die Scheiterhaufen vor dem Meer lieben, brennt dort ein Feuer, das sie erwartet.

Helenas Exil

Das Mittelmeer hat seine sonnenhafte Tragik, die so ganz anders ist als das Tragische der Nebel. Über dem Meer, am Fuß der Gebirge, sinkt an manchen Abenden die Nacht auf den vollendeten Bogen einer kleinen Bucht, und alsdann entsteigt den stillen Wassern eine bange Fülle. Dort versteht man es: Wenn die Griechen von der Verzweiflung angerührt wurden, so war es immer durch die Schönheit und das Bedrückende in ihr. In diesem goldenen Unglück gipfelt die Tragödie. Unsere Zeit hingegen hat ihrer Hoffnungslosigkeit Nahrung gegeben in der Schändlichkeit und den Krisen. Deshalb wäre Europa würdelos, wenn der Schmerz jemals würdelos sein könnte.

Wir haben die Schönheit verbannt, die Griechen griffen für sie zu den Waffen. Ein erster, doch grundlegender Unterschied. Für das griechische Denken war stets die Begrenzungsidee vorherrschend. Es hat nichts auf die Spitze getrieben, weder das Heilige noch die Vernunft, weil es nie etwas verleugnete, weder das Heilige noch die Vernunft. Es hat alles einbezogen, den Schatten durch das Licht ins Gleichgewicht bringend. Unser Europa hingegen, das sich berufen fühlt, alles zu erobern, ist die Tochter der Unmäßigkeit. Es leugnet die Schönheit, wie es alles leugnet, was es nicht anbetet. Und es betet, sei es auch auf verschiedene Weise, ein Einziges an: den zukünftigen Sieg der Vernunft. In seinem Wahn versetzt es die ewigen Grenzen, und in diesem Augenblick stürzen sich düstere Erinnyen darauf und zerreißen es. Nemesis wacht, die Göttin des Maßes, nicht der Rache. Alle, die die Grenzen überschreiten, werden von ihr unerbittlich gestraft.

Die Griechen, die über Jahrhunderte die Frage des Rechtes aufgeworfen haben, würden nichts von unserer Vorstellung der Gerechtigkeit verstehen. Die Gleichheit bedingte für sie eine Grenze, während sich unser ganzer Kontinent auf der Suche nach einer Gerechtigkeit verkrampft, die er ohne Einschränkung will. Im Morgengrauen des griechischen Denkens verkündet schon Heraklit, dass die Gerechtigkeit selbst dem physischen Universum Grenzen setzt. »Die Sonne wird ihre Grenzen nicht überschreiten, denn die Erinnyen, Bewahrerinnen der Gerechtigkeit, würden es entdecken.« Wir, die wir das Universum und den Geist aus ihrer Bahn geworfen haben, lachen über diese Drohung. In einem trunkenen Himmel entzünden wir die Sonnen, die wir wollen. Aber das hindert nicht, dass die Grenzen bestehen und dass wir es wissen. In unserm äußersten Wahn träumen wir von einem Gleichgewicht, das wir hinter uns gelassen haben und das wir argloserweise am Ende unserer Irrtümer wiederzufinden glauben. Naive Vermutung, die auch rechtfertigt, dass unsere Nachkommen, Erben unseres Wahnsinns, unsere heutige Geschichte weiterführen.

Ein Fragment, das ebenfalls Heraklit zugeschrieben wird, sagt einfach: »Vermessenheit, Rückgang des Fortschritts«. Etwa ein Jahrhundert nach dem Epheser anerkennt Sokrates vor dem drohenden Todesurteil keine andere Überlegenheit als diese: Was ihm nicht bekannt war, glaubte er nicht zu wissen. Eines der bedeutendsten Leben und Denken dieser Jahrhunderte endet mit dem stolzen Geständnis des Nichtwissens. Indem wir dies vergaßen, vergaßen wir unsre Männlichkeit. Wir zogen die Macht vor, welche die Größe nachäfft, erst in Alexander, dann in den römischen Eroberern, die die Verfasser der Handbücher aus unvergleichlicher Niederträchtigkeit uns zu bewundern lehren. Auch wir haben erobert, Grenzen versetzt, Himmel und Erde bezwungen. Unser Verstand hat die Leere erzeugt. Endlich allein, vollenden wir unsre Herrschaft in einer Wüste. Welche Vorstellung hätten wir denn noch von jenem erhabenen Gleichgewicht, wo die Natur der Ausgleich zur Geschichte, zur Schönheit, zum Guten war und die Musik der Zahlen bis in die Tragödie unseres Blutes trug? Wir kehren der Natur den Rücken, wir schämen uns der Schönheit. Unsere kläglichen Tragödien ziehen den Geruch von Büros nach sich, und das Blut, das in ihnen fließt, hat die Farbe fetter Tinte.

Deshalb ist es schamlos, wenn wir uns heute als die Söhne der Griechen bezeichnen. Oder aber wir sind ihre abtrünnigen Söhne. Indem wir die Geschichte auf den Thron Gottes erheben, schreiten wir auf die Theokratie zu wie jene, welche von den Griechen Barbaren genannt wurden und die sie bis zum Tode in den Gewässern von Salamis bekämpft haben. Wollen wir den Unterschied richtig erfassen, so müssen wir uns jenem Philosophen zuwenden, der der wirkliche Rivale Platons ist. »Einzig die moderne Stadt«, wagt Hegel zu schreiben, »bietet dem Geist den Boden, wo er sich seiner selbst bewusst werden kann.« Wir erleben die Zeit der Großstädte. Freiwillig amputierte man der Welt das, was ihre Dauer bewirkt: die Natur, das Meer, die Hügel, die Beschaulichkeit der Abende. Es gibt kein Bewusstsein mehr, außer in den Straßen, weil es nur in den Straßen Geschichte gibt, so lautet der Beschluss. Und in der Folge zeugen unsre bezeichnendsten Werke von dieser Einstellung. Vergeblich sucht man nach Landschaften in der großen europäischen Literatur seit Dostojewskij. Die Geschichte erklärt weder das natürliche Universum vor ihr noch die Schönheit über ihr. So hat sie sich dafür entschieden, diese nicht zu kennen. Wo Platon noch alles umfasste, den Widersinn, die Vernunft und den Mythos, besitzen unsre Philosophen nur noch den Widersinn oder die Vernunft, weil sie die Augen vor dem Übrigen schließen. Der Maulwurf meditiert.

Das Christentum begann damit, die Betrachtung der Welt durch die Tragödie der Seele zu ersetzen. Doch wandte es sich zumindest an eine vergeistigte Natur und bewahrte so ein gewisses Gleichmaß. Gott ist tot, so bleiben nur noch Geschichte und Macht. Schon seit Langem geht das Bemühen unsrer Philosophen dahin, den Begriff »menschliche Natur« durch den des Zustands zu ersetzen und die frühere Harmonie durch die ungeordneten Anwandlungen des Zufalls oder die schonungslosen Eingebungen der Vernunft. Während die Griechen dem Willen die Grenzen der Vernunft setzten, haben wir den Aufschwung des Willens ins Herz der Vernunft verlegt, die dadurch verbrecherisch wurde. Für die Griechen bestanden alle Werte einer Tat schon von vornherein und setzten ihr genaue Grenzen. Die moderne Philosophie verlegt die Werte ans Ende einer Tat. Sie bestehen nicht, sie entstehen, und wir werden sie in ihrer vollen Größe erst am Ende der Geschichte erkennen. Mit den Werten verschwindet die Grenze, und da die Meinungen darüber auseinandergehen, welches die zukünftigen Werte sein werden, und da es keinen Kampf gibt, der ohne diese bremsenden Zügel der Werte sich nicht unendlich ausbreiten würde, stehen sich die heutigen Messianisten entgegen, und ihr Geschrei vermischt sich mit dem Zusammenprall der Reiche. Nach Heraklit ist die Unmäßigkeit eine Feuersbrunst. Die Feuersbrunst breitet sich aus, Nietzsche ist überholt. Europa philosophiert nicht mit Hammerschlägen, sondern mit Kanonendonner.

Die Natur jedoch bleibt. Sie setzt dem Irrsinn der Menschen ihre ruhigen Himmel und ihren Sinn entgegen. Bis auch das Atom Feuer fängt und die Geschichte im Triumph der Vernunft und im Untergang der Menschheit endet. Doch die Griechen sagten nie, dass die Grenzen nicht überschritten werden könnten. Sie sagten, die Grenze bestehe, und jener werde ohne Gnade getroffen, der sie zu überschreiten wage. Nichts in der Geschichte widerspricht dem heute.

Der Geist der Geschichte wie auch die Künstler wollen die Welt neu schaffen. Doch der Künstler anerkennt aus der Notwendigkeit seiner Natur jene Grenzen, die der Geist der Geschichte missachtet. Deshalb endet dieser in der Tyrannei, während die Leidenschaft des Künstlers die Freiheit ist. Deshalb kämpfen alle, die für die Freiheit ringen, letztlich für die Schönheit. Wohlverstanden, die Schönheit an sich braucht keine Verteidigung. Die Schönheit braucht den Menschen, und wir werden unserer Zeit nur dann zu Größe und Klarheit verhelfen, wenn wir ihr ins Unheil folgen. Nie mehr werden wir Einsame sein. Doch ebenso wahr ist, dass der Mensch die Schönheit nicht entbehren kann, und einzig unsre Epoche scheint dies nicht glauben zu wollen. Sie versteift sich, um die absolute Herrschaft zu erreichen; sie will die Welt verwandeln, bevor sie sie ausgekostet hat; sie will darüber verfügen, bevor sie sie begriffen hat. Was sie auch behaupten mag, die Welt wird öde dadurch. Odysseus darf bei Kalypso zwischen der Unsterblichkeit und der heimatlichen Erde wählen. Er wählt die Erde und mit ihr den Tod. Eine so einfache Größe ist uns heute fremd. Andere werden sagen, wir hätten keine Demut. Doch dieses Wort ist im Grunde doppelsinnig. Ähnlich jenen Narren Dostojewskijs, die sich über alles rühmen, zu den Sternen steigen und schließlich ihre Schande am erstbesten öffentlichen Ort preisgeben, so fehlt uns der Stolz des Menschen, der nichts anderes ist als Treue zu seinen Grenzen, hellsichtige Liebe zu seiner Bedingung.

»Ich hasse meine Epoche«, schrieb Saint-Exupéry vor seinem Tod, aus Gründen, die sich nicht sehr von meinen Ausführungen unterscheiden. So erschütternd dieser Schrei dessen ist, der die Menschen in dem, was sie Wunderbares haben, liebte, sind wir doch nicht dafür verantwortlich. Wie groß ist doch in manchen Stunden die Versuchung, sich von dieser düsteren und abgezehrten Welt zu wenden! Aber es ist unsre Epoche, und wir können nicht leben, indem wir uns selbst hassen. Sie ist nur durch das Übermaß ihrer Tugenden und durch die Größe ihrer Fehler so tief gesunken. Wir wollen für jene Tugend und jenes Gut kämpfen, die von Weitem kommen. Welche? Die Pferde des Patroklus beweinen ihren toten Herrn. Alles ist verloren. Doch der Kampf beginnt von Neuem mit

Achilles, und am Ende davon steht der Sieg, weil die Freundschaft gemordet wurde: Die Freundschaft ist ein solches Gut.

Das Erkennen der Unwissenheit, das Verneinen des Fanatismus, die Grenzen der Welt und des Menschen, das geliebte Antlitz, die Schönheit endlich, dies ist der Ort, wo wir die Griechen wieder erreichen werden. Auf eine gewisse Art ist der Sinn der Geschichte von morgen anders, als man glaubt. Er besteht im Kampf zwischen der Schöpfung und der Inquisition. Trotz des Preises, den die Künstler mit ihren leeren Händen werden bezahlen müssen, dürfen wir auf den Sieg hoffen. Wieder einmal wird sich die Philosophie des Dunkels verflüchtigen über dem strahlend hellen Meer. O Gedanke des Mittags, der Trojanische Krieg findet fern von den Schlachtfeldern statt. Auch dieses Mal werden die schrecklichen Mauern der modernen Stadt fallen, um »mit heiterer Seele wie die Stille des Meeres« Helenas Schönheit auszuliefern.

Das Rätsel

Vom Scheitel des Himmels herniederfallend, werden die Fluten des Sonnenlichts hart von der Landschaft um uns her zurückgeworfen. Alles schweigt vor diesem Getöse, und der Luberon, dort drüben, ist nur noch ein ungeheurer Block des Schweigens, dem ich unablässig zuhöre. Ich lausche, von ferne eilt es zu mir, unsichtbare Freunde rufen mich, meine Freude wächst, dieselbe wie vor Jahren. Von Neuem hilft mir ein glückhaftes Geheimnis, alles zu verstehen.

Wo ist die Sinnlosigkeit der Welt? Ist es dieses glänzende Strahlen oder die Erinnerung an sein Fehlen? Wie konnte ich mit so viel Sonne im Gedächtnis über den Widersinn wetten? Man wundert sich darüber rund um mich herum; auch ich wundere mich manchmal. Ich könnte antworten, und mir antworten, dass ebendiese Sonne mir half und dass ihr Licht durch seine Dichte und Intensität das Universum mit seinen Formen zu einer dunklen Verblendung gerinnen lässt. Man kann das auch anders sagen, und ich möchte, angesichts dieser weißen und schwarzen Klarheit, die für mich immer diejenige der Wahrheit bedeutet, mich ganz einfach über diese Absurdität ausdrücken, die ich allzu gut kenne, als dass ich es ertragen könnte, wenn man über sie nur oberflächlich spricht. Davon zu sprechen, wird uns übrigens wieder zur Sonne führen.

Kein Mensch kann sagen, was er ist. Doch vermag er manchmal zu sagen, was er nicht ist. Man will, dass der noch Suchende schon gefunden habe. Tausend Stimmen verkünden ihm schon, was er gefunden hat, und doch weiß er, dass es nicht das Richtige ist. Suchen und die andern reden lassen? Sicherlich. Aber man muss sich ab und zu wehren. Ich weiß nicht, was ich suche, ich nenne es mit Vorsicht, ich widerrufe, wiederhole mich, ich dringe vor und weiche zurück. Man zwingt mich jedoch, Namen zu nennen, oder den Namen, ein für alle Mal. Dann ereifere ich mich; ist das Genannte nicht schon verloren? Das ist's, was ich zu sagen versuchen kann.

Wenn ich einem meiner Freunde glauben soll, hat ein Mann immer zwei Charaktere, den seinen und jenen, den ihm seine Frau zuschreibt. Ersetzen wir Frau durch Gesellschaft, und wir verstehen, dass eine Formel, die ein Schriftsteller einmal für den ganzen Zusammenhang eines Empfindungsvorganges eingesetzt hat, durch die Kommentare, die man darüber macht, aus dem Zusammenhang gerissen werden und ihrem Autor jedes Mal vorgehalten werden kann, wenn er von anderem sprechen will. Durch das Wort wird er festgelegt. »Haben Sie dieses Kind gezeugt?« – »Ja.« – »So ist es Ihr Sohn?« – »Das ist nicht so einfach, das ist nicht so einfach!« So hat sich Nerval in einer hässlichen Nacht zweimal umgebracht, einmal für sich, weil er im Elend war, und dann für seine Legende, die einigen zu leben hilft. Niemand kann über das wahre Elend schreiben noch über bestimmte Glückseligkeiten, und auch ich werde es nicht versuchen. Doch die Legende kann man beschreiben und wenigstens für eine Minute daran glauben, dass man sie verscheucht hat.

Ein Schriftsteller schreibt zum großen Teil, damit man ihn liest (bewundern wir jene, die das Gegenteil behaupten, aber glauben wir ihnen nicht). Doch mehr und mehr schreibt er bei uns, um jene letzte Weihe zu erreichen, die darin besteht, nicht gelesen zu werden. Von dem Augenblick an nämlich, wo er den Stoff für einen pittoresken Artikel in unserer Presse mit großer Auflage liefern kann, hat er alle Aussichten, von einer großen Anzahl von Leuten gekannt zu werden, die ihn nie mehr lesen, weil sie sich damit begnügen werden, seinen Namen zu kennen und über ihn zu lesen. Er wird in Zukunft bekannt (und vergessen) sein, nicht, wie er ist, sondern nach dem Bild, das ein eiliger Pressejournalist von ihm entworfen hat. Um sich einen literarischen Namen zu machen, ist es daher nicht unumgänglich notwendig, Bücher zu schreiben. Es genügt, wenn man als Autor eines Buches bekannt ist, über das die Boulevardpresse geschrieben hat.

Sicher wird man sich diesen großen oder kleinen Namen widerrechtlich angeeignet haben. Aber was soll man dagegen tun? Glauben wir lieber, dass diese Unannehmlichkeit wohltätige Folgen haben kann. Die Ärzte wissen, dass bestimmte Krankheiten wünschenswert sind: Sie kompensieren auf ihre Art eine funktionelle Störung, die sich sonst durch größere Beschwerden manifestieren würde. So gibt es glückliche Verstopfungen und von der Vorsehung gesandte Arthritis. Die Flut von Worten und hastigen Urteilen, die heutzutage jegliche publizistische Tätigkeit in einem Meer von Leichtsinn ertränkt, lehrt den französischen Schriftsteller wenigstens eine Bescheidenheit, die er dauernd brauchen kann in dieser Nation, die auf der andern Seite seinem Beruf eine unverhältnismäßige Wichtigkeit beimisst. Seinen Namen in zwei oder drei bekannten Zeitungen zu lesen, ist eine so harte Prüfung, dass sie notwendigerweise einige Vorteile für die Seele mit sich bringen muss. Gelobt sei deshalb die Gesellschaft, die mit wenig Kosten uns täglich gerade durch ihre Verehrung belehrt, wie wenig die Größe bedeutet, die sie preist. Je lärmender dieses Lob ist, umso schneller stirbt es. Es erinnert an jene Wergfeuer, die Alexander VI. oft vor sich entzünden ließ, als Mahnung, dass jeglicher Ruhm dieser Erde nur Rauch sei, der vergeht.

Doch lassen wir die Ironie. Es genüge in unserem Fall festzuhalten, dass sich ein Künstler mit guter Laune damit abfinden soll, wenn ein Bild von ihm, das seiner nicht würdig ist, in den Vorzimmern der Zahnärzte und Coiffeure herumliegt. So kannte ich einen Schriftsteller, der sehr in Mode war und von dem es hieß, er veranstalte Nacht für Nacht berauschende Bacchanale, wo die Nymphen einzig mit ihrem Haar bekleidet seien und die Faune Fingernägel mit Trauerrand trügen. Man hätte sich mit Recht fragen können, wo er die Zeit hernehme, um sein beträchtliches Werk zu verfassen, das immerhin einige Reihen im Büchergestell einnimmt. Dieser Schriftsteller jedoch schläft in Wirklichkeit jede Nacht wie viele seiner Berufskollegen, um täglich etliche Stunden an seinem Schreibtisch zu arbeiten, und trinkt Mineralwasser, um seine Leber zu schonen. Das hindert den mittelmäßigen Franzosen nicht, dessen fragwürdige Nüchternheit und schattenhafte Sauberkeit bekannt sind, sich bei der Vorstellung zu entrüsten, dass einer unserer Schriftsteller lehren könnte, man müsse sich berauschen und solle sich nicht waschen. Es fehlt nicht an Beispielen. Ich kann persönlich ein ausgezeichnetes Rezept liefern, wie man mit wenig Aufwand ein erhabenes Ansehen gewinnen kann. Ich schleppe tatsächlich die Last eines Rufes von Strenge mit mir, was meine Freunde sehr erheitert (während ich eher darüber erröte, da ich weiß, wie ungerechterweise ich dazu kam). Es genügt zum Beispiel, die ehrenvolle Einladung zum Nachtessen eines Zeitungsdirektors abzulehnen, den man nicht schätzt. Man kann sich den einfachen Anstand nicht mehr frei von irgendwelchen hintergründigen Absichten vorstellen. Niemandem wird es übrigens einfallen, dass man diese Einladung ausschlagen könnte, weil man diesen Direktor wirklich nicht schätzt, oder auch einfach, weil man nichts so sehr befürchtet, als sich zu langweilen – und was gibt es Langweiligeres als ein echtes pariserisches Nachtessen?

Folglich muss man sich fügen. Doch kann man gelegentlich eine Richtigstellung versuchen und beteuern, dass man nicht ausschließlich das Absurde malt und dass niemand an eine trostlose Literatur glauben kann. Natürlich ist es immer möglich, einen Essay über die Kenntnis des Absurden zu schreiben. Doch kann man schließlich auch über die Blutschande schreiben, ohne sich deshalb zuvor auf seine unglückliche Schwester zu stürzen, und mir ist nicht bekannt, dass Sophokles seinen Vater ermordet und seine Mutter entehrt habe. Die Vorstellung, dass jeder Schriftsteller zwangsläufig über sich selber schreibe und sich in seinen Büchern abbilde, ist eine der Kindereien, die uns die Romantik vererbt hat. Es ist im Gegenteil gar nicht ausgeschlossen, dass sich ein Künstler in erster Linie für die andern interessiert oder für seine Epoche oder für Familienmythen. Und wenn es auch vorkommt, dass er sich in Szene setzt, dann nur ganz ausnahmsweise so, wie er wirklich ist. Die Werke eines Menschen spiegeln oft die Geschichte seiner

Sehnsüchte oder seiner Versuchungen wider, doch fast nie seine eigene Geschichte, vor allem dann nicht, wenn sie autobiografisch zu sein behaupten. Kein Mensch hat es gewagt, sich so darzustellen, wie er wirklich ist.

Soweit dies möglich ist, wünsche ich im Gegenteil ein objektiver Schriftsteller zu sein. Ich nenne einen Autor objektiv, der sich bestimmte Themen vornimmt, ohne sich dabei als Objekt darzustellen. Doch die heutige Manie, den Schriftsteller mit seinem Thema zu verwechseln, würde eine solche relative Freiheit vom Autor kaum annehmen. So wird man zum Propheten des Absurden. Und doch, was tat ich anderes, als über eine Idee nachzudenken, die ich auf den Straßen meiner Zeit fand? Dass ich diese Idee genährt habe – und ein Teil meiner selbst nährt sie weiter – zusammen mit meiner Generation, braucht nicht gesagt zu werden. Ich habe lediglich genügend Distanz von dieser Idee genommen, um über ihre Folgerichtigkeit zu sprechen und mir mein Urteil zu bilden. Alles, was ich seither geschrieben habe, beweist es zur Genüge. Aber es ist bequemer, eine Formel auszuwerten als eine Nuance. Man hat die Formel gewählt: Ich bleibe absurder denn je zuvor.

Warum soll ich noch betonen, dass in der Erfahrung, die mich interessierte und über die ich geschrieben habe, das Absurde nur als Ausgangsposition betrachtet werden soll, sogar wenn die Erinnerung daran und die Erregung den späteren

Vorgang begleiten. Wenn man alle Proportionen sorgfältig beibehält, so genügt der kartesische Zweifel, der methodisch ist, ebenso wenig, um aus Descartes einen Skeptiker zu machen. Wie soll man sich einzig auf die Idee beschränken, dass nichts einen Sinn habe und man über alles verzweifeln müsse. Ohne den Dingen ganz auf den Grund zu gehen, muss man doch wenigstens anerkennen, dass es, so wenig wie es einen absoluten Materialismus gibt (denn um dieses Wort zu formen, braucht es schon mehr als bloß Materie), auch keinen totalen Nihilismus geben kann. Sobald man behauptet, alles sei ohne Sinn, sagt man schon etwas aus, das einen Sinn hat. Der Welt jegliche Bedeutung absprechen ist geradeso, als würde man jegliches Werturteil leugnen. Doch leben und sich ernähren beispielsweise ist an sich schon ein Werturteil. Man entschließt sich weiterzuleben, sobald man sich nicht verhungern lässt, also misst man dem Leben wenigstens einen relativen Wert bei. Was bedeutet endlich eine verzweifelte Literatur? Sogar das Schweigen ist sinnvoll, wenn die Augen sprechen. Die wahre Verzweiflung ist Agonie, Grab oder Untergang. Sobald er spricht, nachdenkt und vor allem schreibt, reicht unser Bruder uns die Hand, der Baum ist gerechtfertigt, die Liebe entsteht. Verzweifelnde Literatur ist ein Widerspruch in sich selbst.

Wohlverstanden, ein gewisser Optimismus ist nicht meine Sache. Ich bin wie die Männer meines

Alters unter den Trommelwirbeln des Ersten Weltkrieges aufgewachsen, und unsre Geschichte war seither nichts als Mord, Ungerechtigkeit und Gewalt. Doch der wahre Pessimismus, dem man begegnet, bejaht und überbietet so viel Grausamkeiten und Niederträchtigkeiten. Ich habe meinerseits nie aufgehört, diese Schande zu bekämpfen, und ich hasse einzig die Grausamen. Im schwärzesten Nihilismus unserer Zeit suchte ich nur Gründe, ihn zu überwinden. Übrigens nicht aus Tugend noch aus einer seltenen Seelengröße heraus, sondern aus instinktiver Treue zu jenem Licht, in dem ich geboren wurde und in welchem seit Jahrtausenden die Menschen gelernt haben, das Leben zu bejahen bis in seine Leiden hinein. Äschylus ist oft trostlos; und doch strahlt er aus und erwärmt. Im Zentrum seines Universums steht nicht die karge Sinnlosigkeit, sondern das Rätsel, das heißt ein Sinn, der schwer zu verstehen ist, weil er blendet. Und ebenso kann für die unwürdigen, doch beharrlich treuen Söhne Griechenlands, die in diesem zerfleischten Jahrhundert noch überleben, der Brand unserer Geschichte unerträglich sein; doch sie halten schließlich durch, weil sie verstehen wollen. Im Herzen unseres Werkes, auch wenn es dunkel ist, strahlt eine unversiegbare Sonne, dieselbe, deren Schrei sich heute über Ebene und Hügel erhebt.

Danach mag das Wergfeuer brennen; was bedeutet's, wie wir scheinen und was uns ungerechterweise zugesprochen wird? Was wir sind, was wir sein sollen, genügt, um unser Leben zu erfüllen und um unsern Einsatz zu rechtfertigen. Paris ist eine vortreffliche Höhle, wo die Menschen, die ihre bewegten Schatten auf den Wänden sehen, sich für die einzige Realität halten. Und so ist es auch mit dem seltsamen und flüchtigen Ruf, den diese Stadt verleiht. Fern von Paris haben wir gelernt, dass ein Licht hinter uns leuchtet, dass wir uns umdrehen und, alle Bindungen wegwerfend, ihm gerade ins Auge blicken müssen und dass es unsre Aufgabe ist, dieses Licht, durch das ganze Gewirr der Worte hindurch, zu benennen.

Jeder Künstler ist auf der Suche nach seiner Wahrheit. Ist er groß, wird ihn jedes seiner Werke näher bringen, oder er kreist zumindest näher jenem Zentrum, jener verborgenen Sonne, die eines Tages alles entzünden wird. Ist er mittelmäßig, wird ihn jedes Werk davon entfernen, das Zentrum ist dann überall, das Licht zerfällt. Doch in dieser hartnäckigen Suche können einzig jene dem Künstler beistehen, die ihn lieben, und auch jene, die liebend oder schöpferisch in ihrer Leidenschaft das Maß aller Leidenschaften finden und dann in der Lage sind, darüber zu urteilen.

Ja, all diese Worte … wo doch Lieben und in der Stille Schaffen Friede bedeuten könnte! Doch Geduld. Nur noch kurze Zeit, und die Sonne wird uns den Mund verschließen.

Heimkehr nach Tipasa

Du aber fuhrst fort von dem Haus des Vaters,
Rasenden Herzens durchquertest
  du beide Gestadefelsen
Des Meeres; nun wohnst du weit
Auf fremdem Gebiet...

Euripides, *Medea*

Seit fünf Tagen regnete es unaufhörlich über Algier, sogar das Meer wurde nass. Aus unerschöpflichem Himmel stürzten sich endlose Fluten auf den Golf, die vor lauter Dichte zähflüssig schienen. Grau und schlaff wie ein Riesenschwamm quoll das Meer in der formlosen Bucht auf. Die Oberfläche des Wassers schien unbeweglich unter dem starren Regen. Von Zeit zu Zeit nur trieb eine unmerklich breite Bewegung einen trüben Dunst über das Meer gegen den Hafen hin, unter einem Schleier von nassen Nebeln. Der Stadt selber mit ihren weißen triefenden Mauern entströmte ein anderer Dunst, der sich dem ersten entgegenwälzte. Wohin man sich auch wenden mochte, man schien Wasser einzuatmen, als trinke man die Luft.

Vor dem ertrunkenen Meer schritt ich hin und wartete in diesem dezemberlichen Algier, das doch für mich die Stadt der Sommer blieb. Ich war dem nächtlichen Europa entflohen und dem Winter auf den Gesichtern. Doch auch die Stadt des Sommers war leer von Lachen und zeigte mir nur gekrümmte und nass glänzende Rücken. Abends in den grell erleuchteten Cafés las ich mein Alter auf den Gesichtern, die ich wiedererkannte, doch nicht nennen konnte. Ich wusste nur, dass sie mit mir jung gewesen und es nun nicht mehr waren.

Ich verharrte jedoch, ohne zu wissen, was ich erwartete, es sei denn vielleicht die Stunde der Rückkehr nach Tipasa. Gewiss, es ist heller Wahnsinn, den man meistens büßen muss, wenn man an die Stätten der Jugend zurückkehrt und mit vierzig Jahren wieder zum Leben erwecken will, was man mit zwanzig so geliebt und genossen hat. Doch ich war gewarnt. Schon ein erstes Mal war ich nach Tipasa zurückgekehrt, kurz nach den Kriegsjahren, die für mich das Ende meiner Jugend bedeuteten. Vielleicht hoffte ich, eine unvergessene Freiheit wiederzufinden. Dort habe ich vor zwanzig Jahren ganze Vormittage verbracht, ich irrte durch die Ruinen, atmete den Duft des Absinths, wärmte mich an den Steinen, entdeckte schnell entblätterte Rosen, die den Frühling überdauerten. Erst am Mittag, in der Stunde, wo selbst die Grillen erschöpft schweigen, floh ich vor den gierigen Flammen eines verzehrenden Lichtes. Des Nachts schlief ich manchmal mit offenen Augen unter einem von Sternen überströmten Himmel. Damals lebte ich. Fünfzehn Jahre später fand ich meine Ruinen wieder, wenige Schritte von den ersten Wellen entfernt, folgte den Straßen der vergessenen Stadt, durch Felder mit bitteren Bäumen und liebkoste auf der Anhöhe über der Bucht kornfarbene Säulen. Doch die Ruinen waren jetzt mit Stacheldraht umzäunt, und man durfte sie nur durch erlaubte Eingänge betreten. Es war auch verboten, aus moralischen Gründen, wie behauptet wurde, dort in der Nacht zu spazieren; tagsüber traf man einen vereidigten Wächter. Wie aus Zufall regnete es an jenem Morgen über den Ruinen.

Ich ging verwirrt durch dieses einsame und nasse Gelände und versuchte, wenigstens jene Kraft wiederzufinden, die mir bisher treu geblieben war und die mir hilft, das Unabänderliche hinzunehmen. Ich konnte die Zeit nicht rückgängig machen und der Welt jenes Antlitz wiedergeben, das ich geliebt hatte und das eines Tages, schon vor Langem, verschwunden war. Am 2. September 1939 war ich nicht, wie ich sollte, nach Griechenland aufgebrochen. Der Krieg hingegen war bis zu uns gedrungen und hatte dann auch Griechenland überflutet. Diese Distanz, diese Jahre, welche die Ruinen vom Stacheldraht trennten, ich fand sie an jenem Tage wieder in mir, bei den Sarkophagen, die voll dunklen Wassers waren, und unter den durchnässten Tamarisken. Aufgewachsen im Anblick der Schönheit, die mein einziger Reichtum war, hatte ich in der Fülle begonnen. Dann war der Stacheldraht gekommen, das heißt die Tyrannei, der Krieg, die Polizei, die Zeit der Aufstände. Man musste sich den Gesetzen der Nacht unterordnen; die Schönheit des Tages blieb nur Erinnerung. Und in diesem schlammigen Tipasa verwischte sich selbst die Erinnerung. Es ging wirklich um Schönheit, Fülle und Jugend! Beim Schein der Feuersbrünste hatte die Welt plötzlich ihre alten und neuen Furchen und Wunden gezeigt. Mit einem Schlag war sie alt geworden und wir mit ihr. Ich wusste wohl, dass jene Begeisterung, die ich hier suchte, nur jenen emporhebt, der nicht weiß, dass er sich aufschwingen wird. Es gibt keine Liebe ohne eine Spur von Unschuld. Wo blieb die Unschuld? Die Reiche zerfielen, die Nationen und die Menschen zerbissen sich die Kehle; unser Mund war besudelt. Erst unschuldig, ohne es zu wissen, waren wir schuldig geworden, ohne es zu wollen: Das Geheimnis wuchs mit unserm Wissen. Deshalb beschäftigten wir uns, o Hohn!, mit Moral. Angesteckt träumte ich von Tugend! Zur Zeit der Unschuld wusste ich nichts von Moral. Jetzt wusste ich darum und war unfähig, sie zu leben. Auf dem Vorgebirge, das ich einst geliebt, zwischen den nassen Säulen des zerstörten Tempels, schien es mir, als folgte ich jemandem, dessen Schritte ich noch auf den Steinplatten und Mosaiken hörte, den ich aber nie mehr erreichen würde. Dann ging ich nach Paris und blieb einige Jahre, ohne heimzukehren.

Doch spürte ich dunkel in all diesen Jahren, wie

mir etwas fehlte. Wer je das Glück hatte, einmal heftig zu lieben, wird sein Leben verbringen auf der Suche nach dieser Glut und diesem Licht. Der Verzicht auf die Schönheit und das sinnliche Glück, das damit verbunden ist, die ausschließliche Hingabe an das Unglück erfordern eine Größe, die mir mangelt. Nichts bleibt wahr, wenn alles Übrige ausgeschlossen wird. Bleibt die Schönheit isoliert, wird sie zuletzt verzerrt, einsame Gerechtigkeit wird bedrückend. Wer dem einen dient und das andere ausschließt, dient niemandem, auch sich selber nicht, und hilft schließlich doppelter Ungerechtigkeit. Wenn man sich versteift, wird eines Tages nichts mehr zur Bewunderung hinreißen, alles ist bekannt, das Leben vergeht in Wiederholungen. Es ist die Zeit des Exils, des dürren Lebens, der toten Seelen. Um wieder aufzuleben, bedarf es der Gnade, des Sichvergessens oder einer Heimat. An manchen Morgen fällt ein unsagbar süßer Tau auf das Herz und vergeht. Doch seine Frische bleibt, und sie ist es, die das Herz immer wieder verlangt. Ich musste wieder aufbrechen.

Und zum zweiten Mal ging ich in Algier unter dem Regen, der mir der gleiche schien wie bei meinem Abschied, den ich für endgültig gehalten hatte, und inmitten dieser unendlichen Melancholie, die nach Regen und Meer roch, und obgleich der Himmel voller Nebel war, die Rücken der Menschen unter dem Regen flohen und das grelle Licht der Cafés die Gesichter verzerrte, beharrte ich in meiner Hoffnung. Wusste ich nicht, dass dieser Regen von Algier, der aussieht, als müsse er ewig dauern, in einem Augenblick aufhört, wie auch die Flüsse meiner Heimat, die in zwei Stunden anschwellen und Hektare von Land verwüsten, mit einem Schlag versiegen? Und eines Abends hörte der Regen auf.

Ich wartete noch eine Nacht. Ein heller Morgen erhob sich strahlend über dem klaren Meer. Vom Himmel, der morgendlich rein und frisch war, kam ein flimmerndes Licht, das jedem Haus, jedem Baum eine sichtbare Zeichnung gab, eine wundersame Neuheit. Am ersten Morgen der Welt muss die Erde in ähnlichem Licht aufgetaucht sein. Von Neuem machte ich mich auf den Weg nach Tipasa.

Nicht ein einziger dieser neunundsechzig Kilometer Weges, der nicht mit Erinnerungen und Eindrücken bedeckt wäre. Die heftige Kindheit, die Träumereien des Jünglings im lärmenden Car, die Morgenstunden, die frischen Mädchen, der Strand, die jungen Körper, immer aufs Äußerste gespannt, die leichte Bangigkeit des Abends in einem sechzehnjährigen Herzen, das Verlangen zu leben, der Ruhm, und immer dieser gleiche Himmel, durch all die Jahre hindurch, unversiegbar an Kraft und Licht, unersättlich er selber, der Monate hindurch eines nach dem andern die dargebotenen Opfer am Strand aufzehrt, in der tödlichen Mittagsstunde. Und auch das ewig gleiche Meer, beinahe ungreifbar am Morgen, das ich am Horizont wiederfand, dort, wo die Straße die Hügel von Sahel mit ihren bronzenen Weinbergen verlässt und sich zur Küste neigt. Mich verlangte, den Chenoua wiederzusehen, diesen schweren und starken Berg, aus einem einzigen Felsblock geschnitten, der längs der Küste von Tipasa nach Westen liegt, bevor er zum Meer abfällt. Man sieht ihn von Weitem, einen blauen und leichten Dunst, der noch mit dem Himmel verfließt. Doch nach und nach verdichtet er sich, je näher man kommt, bis er die Farbe des ihn umringenden Wassers annimmt, einer großen, unbeweglichen Welle gleich, die im Aufbäumen brutal erstarrt wäre über einem plötzlich geglätteten Meer. Noch näher, fast bei den Toren von Tipasa, erhebt sich seine gefurchte Masse, braun und grün, der alte, bemooste Gott, den nichts erschüttert, Zuflucht und Hafen seinen Söhnen, deren ich einer bin.

In seinem Anblick überschritt ich den Stacheldraht und war in den Ruinen. Und unter dem stolzen Dezemberlicht, wie es einem nur ein- oder zweimal im Leben begegnet, das sich dadurch als erfüllt betrachten darf, fand ich genau das, was ich gesucht hatte und was mir, der Zeit und der Welt zum Trotz, allein dargebracht wurde in dieser verlassenen Natur. Vom Forum aus, das mit Olivenbäumen umringt war, sah man unter sich das Dorf. Kein Laut drang herauf; leichter Rauch stieg in die klare Luft. Auch das Meer war schweigend unter dem Strom des funkelnden und kalten Lichtes.

Weit vom Chenoua her kam einzig ein Hahnenschrei, der den zerbrechlichen Glanz des Tages pries. Hinter den Ruinen sah man, so weit das Auge reichte, nur verwitterte Steine, wilde Absinthsträucher und vollendet schöne Säulen in der kristallklaren Durchsichtigkeit der Luft. Der Morgen schien erstarrt, die Sonne stand für einen Augenblick still. In diesem Licht und in diesem Schweigen zerrannen langsam die Jahre der Raserei und der Nacht. Ich lauschte in mir einem fast vergessenen Klang, als finge mein Herz nach langem Stillestehen ganz sachte wieder zu klopfen an. Und nun vernahm ich auch jene unhörbaren Geräusche, aus denen die Stille gewoben ist: das Continuo der Vögel, die leichten, kurzen Seufzer des Meeres am Fuße der Felsen, das Zittern der Bäume, das Rascheln der Sträucher, die flüchtigen Eidechsen. Und ich lauschte auch dem glücklichen Strömen in mir. Es war mir, als sei ich endlich in den Hafen zurückgekehrt, nur für einen Augenblick zwar, der aber nicht enden würde. Gleich darauf stieg die Sonne sichtbar einen Grad höher. Eine Amsel präludierte kurz, und dann sprühte von allen Seiten der Gesang der Vögel auf, mit einer Kraft, einem Jubeln, einer frohen Ungleichheit, einer unendlichen Hingerissenheit ohnegleichen. Der Tag nahm seinen Lauf wieder auf und sollte mich bis zum Abend tragen.

Auf den sandigen Hängen, die mit Heliotrop überdeckt waren wie mit dem Schaum, den die wilden Wogen der letzten Tage zurückgelassen hatten, blickte ich in der Mittagsstunde auf das Meer, das sich kaum bewegte, und löschte jenen zweifachen Durst, den man nicht lange hinhalten kann, ohne dass unser Wesen ausdörrt: zu lieben und zu bewundern.

Denn nicht geliebt zu werden ist nur misslicher Zufall, nicht zu lieben jedoch ist Unglück. Wir alle sterben heute an diesem Unglück. Blut und Hassen zerfleischen selbst das Herz; die lange Wiedervergeltung der Gerechtigkeit erschöpft die Liebe, die sie doch geboren hat. Im Geschrei, in dem wir leben, kann die Liebe nicht sein, und auch die Gerechtigkeit genügt nicht. Damit sich die Gerechtigkeit nicht verhärte wie die schöne Frucht einer Orange, deren Inneres nur noch bitter und trocken ist, entdeckte ich in Tipasa von Neuem, dass man in sich eine Frische unberührt bewahren soll, einen Quell der Freude, und den Tag lieben, der dem Unrecht entrinnt, und mit diesem Licht in den Kampf zurückkehren. Ich fand jene frühere Schönheit wieder, den jungen Himmel, und erkannte mein Glück, dass ich durch die ärgsten Jahre des Wahns hindurch die Erinnerung an diesen Himmel in mir bewahrt hatte. Er war es, der mich vom Verzweifeln abgehalten hatte. Seit je habe ich gewusst, dass die Ruinen von Tipasa jünger sind als unsre Baustellen und unsere Schutthaufen. Die Welt erneuert sich hier täglich in einem immer neuen Licht. O Licht! Dies ist der Schrei, den alle ausstoßen im antiken

Drama, die ihrem Schicksal gegenüberstehen. Diese letzte Zuflucht war auch die unsere, und jetzt wusste ich es. Mitten im Winter erfuhr ich endlich, dass in mir ein unvergänglicher, unbesiegbarer Sommer ist.

Ich habe Tipasa dann wieder verlassen und habe Europa mit seinen Kämpfen wiedergefunden. Doch die Erinnerung an jenen Tag trägt mich noch immer und hilft mir, mit dem gleichen Herzen das Mitreißende wie auch das Bedrückende hinzunehmen. Was kann ich in dieser schweren Stunde anderes ersehnen, als dass ich nichts ausschließen möge und lerne, sowohl den schwarzen wie den weißen Faden zum gleichen Seil zu winden, das bis zum Zerreißen gespannt ist? In allem, was ich bis heute getan und gesagt habe, glaube ich diese zwei Kräfte zu erkennen, auch wenn sie sich widerstreiten. Ich konnte das Licht, in dem ich geboren wurde, nicht leugnen und wollte auch den Zwängen unserer Zeit nicht ausweichen.

Es wäre allzu leicht, dem sanften Namen von Tipasa andere, klingendere und grausamere entgegenzustellen; es gibt für uns heutige Menschen einen inneren Weg, den ich wohl kenne, weil ich ihn in beiden Richtungen begangen habe, und der von den Hügeln des Geistes zu den Hauptstädten des Verbrechens führt. Man kann sich wohl immer ausruhen und auf den Hügeln einschlafen oder sich im Verbrechen niederlassen. Doch wenn man auf einen Teil des Bestehenden verzichtet, gibt man sich selber auf; man muss auf das Leben verzichten oder darauf, anders zu lieben denn aus einer Vollmacht heraus.

Es gibt einen Lebenswillen, der dem Leben nichts verweigert, und dies ist die Tugend, die ich am höchsten verehre auf dieser Welt. Ich wollte wahrlich, ich hätte sie selber von Zeit zu Zeit geübt. Da wenige Epochen wie die unsere vom Menschen verlangen, dass er sich sowohl dem Besten wie dem Schlimmsten gleichstelle, möchte ich nichts ablehnen und die Erinnerung an beides genau bewahren. Ja, es gibt die Schönheit, und es gibt die Erniedrigungen. Wie schwer es auch sei, ich möchte weder der einen noch den anderen untreu werden.

Aber auch das sieht nach Moral aus, und wir leben für etwas Höheres als die Moral. Könnten wir es nennen, wie groß wäre die Stille! Auf dem Hügel von Sainte-Salsa, im Osten von Tipasa, ist der Abend belebt. Noch ist es hell, doch eine unsichtbare Schwäche des Lichtes kündet das Ende des Tages. Ein Windhauch erhebt sich, leicht wie die Nacht, und das wellenlose Meer beginnt in eine Richtung zu fließen wie ein großer, unfruchtbarer Strom, von einem Ende des Horizonts zum andern. Der Himmel dunkelt. Dann beginnt das Geheimnis, die Götter der Nacht, das Jenseits der Lust. Doch wie soll man das sagen? Die kleine Münze, die ich von hier mitnehme, zeigt auf einer Seite ein schönes Frauenantlitz, das mir wiederholt, was ich an diesem Tage gelernt habe, während ich auf der Rückseite mit den Fingern die abgegriffene Seite betaste. Was sagt mir dieser stumme Mund denn anderes, als was jene geheimnisvolle Stimme in mir verlauten lässt, die mich an meine Unwissenheit und mein Glück mahnt:

»Das Geheimnis, das ich suche, ist in einem Tal mit Olivenbäumen vergraben, unter dem Gras und den kühlen Veilchen, bei einem alten Haus, das nach Weinranken duftet. Während mehr als zwanzig Jahren habe ich dieses Tal durchmessen und jene, die ihm gleichen; ich habe die stummen Ziegenhirten befragt, ich habe an die Tore der unbewohnten Ruinen geklopft. Manchmal, in der Stunde des ersten Sternes im hellen Himmel, unter einem Regen zarten Lichtes, glaubte ich zu wissen. Ich wusste, in Wahrheit. Und vielleicht weiß ich immer. Aber niemand will jenes Geheimnis, ich selber wahrscheinlich auch nicht, und ich kann mich doch von meinen Geheimnissen nicht trennen. Ich lebe in meiner Familie, die über reiche und hässliche Städte aus Steinen und Dunst zu herrschen glaubt. Tag und Nacht redet sie laut, und alles neigt sich vor ihr, die sich selbst vor nichts beugt; sie bleibt taub für alle Geheimnisse. Ihre Macht, die mich trägt, langweilt mich jedoch, und ich habe manchmal genug von ihrem Geschrei. Aber ihr Unglück ist auch das meine, wir sind vom selben Blut. Habe ich denn selber, verwundet, mitschuldig und lärmend, nicht auch geschrien zwischen den Steinen? Ich will vergessen, ich gehe in unsern Städten aus Eisen und Feuer, ich lächle tapfer der Nacht zu, ich rufe die Gewitter, ich will treu sein. Doch eines Tages, wenn wir aus Erschöpfung und Unwissenheit zu sterben bereit sein werden, vielleicht werde ich dann auf unsere lauten Gräber verzichten und mich in jenes Tal legen, unter das gleiche Licht, und ein letztes Mal erfahren, was ich weiß.«

Das Meer
Bordtagebuch

Ich wuchs am Meer auf, und die Armut schien mir kostbar; dann verlor ich das Meer, und aller Luxus erschien mir fortan grau und das Elend unerträglich. Seither warte ich. Ich warte auf die Schiffe der Rückkehr, auf das Haus der Gewässer, auf den hellen Tag. Ich gedulde mich, ich bin höflich mit allen meinen Kräften. Man sieht mich durch schöne, gescheite Straßen gehen, ich bewundere Landschaften, klatsche Beifall wie alle, schüttle die Hände und bin es nicht, der redet. Man lobt mich, ich träume ein wenig, man beleidigt mich, ich bin kaum erstaunt. Dann vergesse ich und lächle den Beleidigenden zu oder grüße allzu höflich jenen, den ich liebe. Was soll ich tun, wenn ich in mir nur das eine Bild trage? Man zwingt mich schließlich zu sagen, wer ich sei. »Noch nichts, noch niemand …«

An Beerdigungen zeichne ich mich besonders aus. Wirklich, ich übertreffe mich. Ich gehe langsamen Schrittes durch die von rostigem Eisen blühenden Vorstädte, durch breite Alleen, die zu Löchern in der kalten Erde führen. Hier, unter dem kaum geröteten Himmel, sehe ich kühne Gefährten, meine Freunde, in drei Meter Tiefe begra-

ben. Ich werfe sodann die Blume, die mir von einer lehmigen Hand gereicht wird, und treffe nie daneben. Ich habe eine pünktliche Frömmigkeit, eine genau bemessene Erregung, den Kopf anständig geneigt. Man wundert sich, dass meine Worte richtig sind. Doch ich habe kein Verdienst: Ich warte.

Ich warte lange. Manchmal stolpere ich, lasse die Hand los, der Erfolg flieht mich. Was bedeutet's, dass ich dann allein bin. Ich wache in der Nacht auf und glaube, noch halb im Schlaf, das Geräusch der Wellen, das Atmen der Wasser zu hören. Ganz erwacht, merke ich, dass es der Wind in den Blättern war und das unselige Lärmen der öden Stadt. Dann brauche ich meine ganze Kunst, um meine Enttäuschung zu verbergen oder sie modisch zu verkleiden.

Bei anderen Gelegenheiten wiederum wird mir geholfen. In New York geschah es mir, dass ich, verloren in diesen Schächten aus Stein und Stahl, wo Millionen Menschen herumirren, von einem zum andern rannte, ohne Ziel, erschöpft, nur noch von der Menschenmasse getragen, die einen Ausgang suchte. Ich war am Ersticken und hätte beinahe aufgeschrien in panischer Angst. Doch jedes Mal erinnerte mich der ferne Ruf eines Schleppers daran, dass die Stadt, dieser ausgetrocknete Brunnenschacht, eine Insel sei und dass an der Landspitze der Battery mein Taufwasser mich erwarte, schwarz und faulig, mit alten Korken bedeckt.

Und so bin ich, der ich nichts besitze, der ich

mein Vermögen hingab und der ich neben allen meinen Häusern mein Lager aufschlage, dennoch reich beschenkt, wenn ich es will. Ich breche auf, zu jeder Stunde, die Hoffnungslosigkeit kennt mich nicht. Für den Hoffnungslosen wie für mich gibt es keine Heimat, ich weiß, dass das Meer vor mir und hinter mir ist, der Wahn ist mir ganz nah. Die Liebenden, die getrennt sind, können im Schmerz leben, doch ist es nicht Verzweiflung: Sie wissen, dass die Liebe da ist. Deshalb leide ich ohne Tränen im Exil. Noch immer warte ich. Endlich kommt der Tag …

Die nackten Füße der Matrosen klatschen weich auf dem Deck auf. Wir laufen aus bei anbrechendem Tag. Kaum sind wir aus dem Hafen, striegelt ein kurzer und munterer Wind heftig das Meer, das sich in kleinen, schaumlosen Wellen kräuselt. Etwas später wird der Wind kühler und übersät das Wasser mit Kamelienblüten, die sogleich vergehen. Den ganzen Morgen schlagen unsere Segel über einem fröhlichen Fischteich. Die Wasser sind schwer, schuppig, von frischem Schleim bedeckt. Von Zeit zu Zeit kläffen die Wellen gegen den Vordersteven; bitterer und öliger Schaum, Speichel der Götter, fließt die Planke entlang ins Wasser zurück, wo er in Zeichnungen, die vergehen und wiederkommen, zerstiebt wie das Fell einer blauen und weißen Kuh, welche müde noch lange in unserm Kielwasser treibt.

Seit unserer Abfahrt folgen uns die Möwen, mühelos und nur selten mit den Flügeln schlagend. Ihr schöner, geradliniger Flug stützt sich kaum auf die Brise. Ein brutales Aufklatschen auf der Seite der Schiffsküche löst plötzlich ein gieriges Alarmzeichen unter den Vögeln aus, wirft ihren schönen Flug durcheinander und entzündet Flammen aus weißen Flügeln. Die Möwen wirbeln wie toll in allen Richtungen durcheinander, und ohne an Geschwindigkeit einzubüßen, verlassen sie eine nach der andern den Schwarm, um aufs Meer hinunterzustechen. Einige Sekunden später sind sie wieder auf dem Wasser vereinigt, eine streitlustige Schar, eingenistet in der Buchtung der Wellen, die langsam das Manna der Abfälle entblättern, und wir lassen sie hinter uns zurück.

Unter der betäubenden Mittagssonne bewegt sich das Meer nur schwach und kraftlos. Wenn es in sich zusammenfällt, bringt es die Stille zum Schweigen. Eine Stunde der Hitze, und das große weißliche Wellblech des farblosen Wassers beginnt zu zischen. Es zischt, dampft und entzündet sich endlich. Im nächsten Augenblick wird es sich umwälzen und der Sonne seine feuchte Seite darbieten, die noch in den Wellen und den Dunkelheiten geborgen ist.

Wir passieren die Säulen des Herkules, jene Landspitze, wo Antäus starb. Jenseits davon ist der

Ozean überall, und wir umsegeln Horn und die Gute Hoffnung in einem Strich; die Meridiane vermählen sich den Breitengraden, der Pazifik trinkt den Atlantik. Dann, das Steuer auf Vancouver gerichtet, dringen wir langsam in die Südsee ein. Einige Längen vor uns defiliert die Flotte der Osterinseln und der Hebriden. Eines Morgens verschwinden die Möwen plötzlich. Wir sind weit von allem Land entfernt und allein mit unsern Segeln und Maschinen.

Allein auch mit dem Horizont. Die Wellen kommen geduldig aus dem unsichtbaren Osten, eine nach der andern; sie kommen bis zu uns, und geduldig eilen sie weiter, zum unbekannten Westen, eine nach der andern. Ein langer, weiter Weg, niemals begonnen, niemals beendet … Flüsse und Ströme fließen vorbei, das Meer fließt vorbei und dauert. So müsste man lieben, treu und flüchtig. Ich vermähle mich dem Meer.

Wasser. Die Sonne sinkt und wird schon weit über dem Horizont vom Dunst verschlungen. Für einen kurzen Augenblick ist das Meer auf einer Seite rötlich, auf der andern blau. Dann dunkeln die Wasser. Der Zweimaster gleitet, winzig klein, auf der Oberfläche eines vollkommenen Kreises aus dichtem, mattem Metall. Und in der Stunde tiefster Ruhe, im sinkenden Abend, tauchen Tausende von Tümmlern aus den Fluten, tummeln sich eine Zeit lang um unser Schiff und fliehen zum menschenlosen Horizont. Dann wird es still und bang auf diesen ursprünglichen Wassern.

Etwas später die Begegnung mit einem Eisberg auf dem Wendekreis. Unsichtbar zwar nach seiner langen Reise in diesen warmen Gewässern, jedoch nicht wirkungslos; er gleitet das Steuerbord entlang, wo sich sogleich das Tauwerk für kurze Zeit mit Reif bedeckt, während an Backbord ein dürrer Tag stirbt.

Die Nacht sinkt nicht aufs Meer. Aus den Tiefen des Wassers, das eine schon versunkene Sonne allmählich mit ihrer dichten Asche verdunkelt, steigt sie vielmehr empor zum noch blassen Himmel. Eine kurze Weile bleibt Venus einsam über den schwarzen Fluten. So lange nur, die Augen zu schließen und sie wieder zu öffnen, und die Sterne wimmeln im fließenden Dunkel der Nacht.

Der Mond ist aufgegangen. Er erleuchtet anfänglich nur schwach die Fläche des Wassers, steigt höher und schreibt Zeichen auf die weichen Wellen. Endlich im Zenit, strahlt er eine leuchtende Straße auf das Meer, einen reichen Fluss aus Milch, der mit der Bewegung des Schiffes auf uns niederströmt, unversiegbar im dunklen Ozean. Da ist die Nacht, treu und kühl, die ich rief in den lärmenden Lichtern, im Alkohol und im Aufruhr des Begehrens.

Wir segeln auf so weiten Flächen, dass es scheint, als kämen wir nie zum Ziel. Sonne und Mond gehen auf und tauchen unter, im gleichen Wechsel von Tag und Nacht. Die Tage auf dem Meer gleichen alle den Tagen des Glückes …

Dieses Leben, das sich gegen das Vergessen sträubt und gegen die Erinnerung, von der Stevenson spricht.

Morgendämmerung. Wir überqueren im rechten Winkel den Wendekreis des Krebses, die Wasser stöhnen und bäumen sich auf. Der Tag erhebt sich über einem unruhigen Meer, voller Stahlgeflimmer. Der Himmel ist weiß vor Dunst und Hitze, mit einem toten Glanz, aber unerträglich, als ob die Sonne flüssig geworden wäre in den dichten Wolken über der ganzen himmlischen Weite. Ein kranker Himmel über einem zersetzten Meer. Je weiter die Stunden fortschreiten, umso größer wird die Hitze in der fahlen Luft. Den ganzen Tag lang stöbert der Vordersteven Fliegende Fische auf, kleine stählerne Vögel in ihren Wellensträuchern.

Am Nachmittag kreuzen wir ein Postschiff, das zu den Städten zurückkehrt. Der Gruß, den unsere Sirenen mit den drei Rufen prähistorischer Tiere austauschen, die Zeichen der Passagiere, die verloren auf dem Meer reisen und durch die Gegenwart anderer Menschen alarmiert sind, die Distanz, die allmählich zwischen den beiden Schiffen zunimmt, die Trennung endlich auf diesen böswilligen Wassern, all dies beklemmt das Herz. Diese hartnäckigen Irren, an Bretter geklammert, auf die Mähne unermesslicher Ozeane geschleudert auf der Suche nach entschwindenden Inseln, wer könnte ihnen seine Liebe verweigern, der auch die Einsamkeit des Meeres liebt?

Mitten im Atlantik beugen wir uns den wilden Winden, die ununterbrochen von einem Pol zum andern fegen. Jeder Schrei, den wir ausstoßen, verliert sich, entfliegt in die grenzenlosen Weiten. Doch dieser Ruf, den die Winde Tag für Tag mit sich weitertragen, wird endlich eines der abgeflachten Enden der Erde erreichen und wird lange an den Eiswänden widerhallen, bis ein Mensch, irgendwo in seine Muschel aus Schnee verloren, ihn vernehme und zufrieden lächle.

Ich lag im Halbschlaf unter der Sonne des frühen Nachmittags, als ich plötzlich durch einen furchtbaren Lärm aufgeschreckt wurde. Ich sah die Sonne auf dem Grund des Meeres, und die Wellen beherrschten den stürmischen Himmel. Plötzlich entbrannte das Meer, die Sonne floss mir in langen, eisigen Strichen in die Kehle. Um mich herum lachten und schrien die Matrosen. Sie liebten sich gegenseitig, aber konnten einander nicht verzeihen. An jenem Tag erkannte ich die Welt, wie sie wirklich ist, und ich beschloss, es hinzunehmen, dass ihr Gutes gleichzeitig bösartig sei und ihre Missetat heilsam. An jenem Tag begriff ich, dass es zwei Wahrheiten gibt und dass die eine davon nie ausgesprochen werden darf.

Der merkwürdige südliche Mond, der etwas angeschnitten ist, begleitet uns einige Nächte hindurch und gleitet dann rasch vom Himmel ins Wasser, das ihn verschluckt. Es bleiben das Kreuz des Südens, die spärlichen Sterne, die poröse Luft. In diesem Moment flaut der Wind ganz ab. Der Himmel rollt und schlingert über unsern unbeweglichen Masten. Mit gedrosseltem Motor und lahmgelegten Segeln pfeifen wir in der warmen Nacht, während das Wasser freundschaftlich unsre Schiffsflanke tätschelt. Kein Befehl, die Maschinen schweigen. Warum auch weiterfahren und warum zurückkehren? Wir sind glücklich, ein stummer Wind schläfert uns unwiderstehlich ein. In einem Tag vollendet sich also alles; man muss sich nur sinken lassen wie jene, die bis zur Erschöpfung schwimmen. Vollenden, aber was? O bitteres Bett, königliches Lager, die Krone ist auf dem Grunde der Wasser!

Am Morgen rührt unsere Schraube sanft das laue Wasser zu Schaum. Wir holen wieder Geschwindigkeit auf. Gegen Mittag begegnet uns, von fernen Kontinenten kommend, ein Rudel Hirsche, überholt uns und schwimmt gleichmäßig gegen

Norden, von buntfarbigen Vögeln begleitet, die sich von Zeit zu Zeit in ihren Geweihen ausruhen. Dieser rauschende Wald entschwindet allmählich am Horizont. Ein wenig später bedeckt sich das Meer mit seltsamen gelben Blumen. Am Abend begleitet uns ein unsichtbarer Gesang während langer Stunden. Ich schlafe ein, vertraut.

Die Segel im klaren Wind, ziehen wir auf einem hellen und kräftigen Meer dahin, in höchster Geschwindigkeit, die Klippen backbord. Und den Kurs gegen Ende des Tages noch korrigierend, über Stag, sodass die Segel das Wasser berühren, eilen wir einen südlichen Kontinent entlang, den ich wiedererkenne, da ich ihn früher, als Blinder, im barbarischen Sarg eines Flugzeuges überflogen hatte. Müßiger König, schleppte sich mein Karren damals so dahin; ich erwartete das Meer, ohne es je erreichen zu können. Das Ungetüm heulte auf, startete von den Guanos von Peru, raste über die Gestade des Pazifiks, überflog die weißen zertrümmerten Wirbel der Anden und die ungeheure Ebene Argentiniens, verband mit einem Flügelschlag die von Milch überfließenden Weiden Uruguays mit den schwarzen Flüssen Venezuelas, landete, heulte wieder auf, erbebte vor Begierde angesichts neuer, leerer Räume, die es verschlingen konnte, und kam dennoch nie weiter, oder nur mit einer verkrampften, hartnäckigen Langsamkeit, einer verstörten und sturen, vergifteten Energie. Damals starb ich in meiner Metallzelle, träumte von Blutbädern und Orgien. Ohne Raum gibt es weder Unschuld noch Freiheit! Der Kerker ist für jenen, der nicht atmen kann, Tod oder Wahnsinn; was kann man da anderes tun als töten und besitzen? Heute, im Gegenteil, bin ich voller Atem, alle unsre Flügel schlagen in der blauen Luft, ich könnte aufjauchzen vor Schnelligkeit, wir werfen unsre Sextanten und unsern Kompass ins Wasser.

Im herrischen Wind sind unsre Segel aus Eisen. Die Küste gleitet in aller Eile an unsern Augen vorbei, Wälder von königlichen Kokospalmen, deren Stamm in smaragdene Lagunen taucht, eine stille Bucht voll roter Segel, mit Sand wie Mondlicht. Große Gebäude ragen auf, vom Wachsen des Urwaldes schon geborsten, der im Hof beginnt; da und dort durchbricht gelber Brechwurz oder auch ein Baum mit violetten Ästen die Fenster; Rio zerbröckelt hinter uns, und die Vegetation wird die neuen Ruinen zudecken, wo die Affen der Tijuca in Gelächter ausbrechen. Noch schneller, an den langen Gestaden vorbei, wo die Wellen in Sandgarben zerstieben, noch schneller, und die Schafe von Uruguay laufen ins Meer und färben es mit einem Mal gelb. An der argentinischen Küste bieten große, plumpe Scheiterhaufen in regelmäßigen Abständen dem Himmel halbe Ochsen dar, die langsam schmoren. In der Nacht schlägt das Eis des Feuerlandes stundenlang gegen unsern Schiffsrumpf, das Schiff verlangsamt kaum seinen Lauf und wendet. Am Morgen hebt uns die einzige Woge des Pazifiks empor, deren kalte Lauge, grün und weiß, über Tausende von Kilometern an der chilenischen Küste brodelt und uns umzuwerfen droht.

Im süßlichen Abend kommen uns die ersten malaiischen Barken entgegen.

»In See! In See!«, schrien die herrlichen Knaben eines meiner Kinderbücher. Ich habe alles von jenem Buch vergessen außer diesem Ruf. »In See!«, und durch den Indischen Ozean bis zum Gestade des Roten Meeres, wo man in stillen Nächten die Steine der Wüste, einen nach dem andern, zerspringen hört, die nach der Glut des Tages gefrieren, kommen wir wieder zum alten Meer zurück, wo die Rufe schweigen.

Eines Morgens endlich laufen wir in einer seltsam schweigenden Bucht ein, die mit unbeweglichen Segelbarken besetzt ist. Nur einige Meervögel streiten sich am Himmel um Schilfhälmchen. Schwimmend erreichen wir den verlassenen Strand; den ganzen Tag hindurch steigen wir ins Wasser und trocknen uns auf dem Sand. Unter dem grünlich verblassenden Abendhimmel wird das Meer noch ruhiger, das doch schon so ruhig ist. Kurze Wellen hauchen einen schaumigen Dunst auf den warmen Strand. Die Meervögel sind verschwunden. Es bleibt nur noch die Weite, offen für eine unbewegliche Reise.

Jene Nächte, deren Süße andauert! Ja, es erleichtert uns das Sterben, wenn wir wissen, dass sie nach uns auch sein werden, über dem Land und über dem Meer. Großes Meer, ewig umgepflügt, ewig unberührt, meine Religion der Nacht! Es reinigt uns und erquickt uns in seinen unfruchtbaren Furchen, es befreit uns und hält uns aufrecht. In jeder Welle ist ein Versprechen, ewig dasselbe. Was sagt sie? Müsste ich sterben, umringt von kalten Bergen, ungekannt von allen, von den Meinen verstoßen, würde das Meer im letzten Augenblick meine Zelle füllen und mich emporheben über mich selber und würde mir helfen, ohne Hass zu sterben.

Mitternacht: allein am Gestade. Noch ein wenig warten, und ich werde gehen. Der Himmel selbst steht still, mit allen seinen Sternen, wie jene Packboote voller Feuer, die in dieser Stunde, auf der ganzen Welt, die dunklen Wasser der Häfen erleuchten. Die Weite und die Stille lasten auf dem Herzen. Eine ungestüme Liebe, ein großes Werk, eine entscheidende Tat, ein verklärender Gedanke, alle bewirken sie manchmal dieselbe unerträgliche Angst, gepaart mit einem unwiderstehlichen Reiz. Süße Bangigkeit des Seins, süße, aufreizende Nähe der Gefahr, deren Namen wir nicht kennen – ist

Leben dann, sich ins Verderben zu stürzen? Von Neuem, ohne Aufschub, lasst uns ins Verderben stürzen.

Ich hatte immer das Gefühl, auf hoher See zu leben, bedroht, im Herzen eines königlichen Glückes.

Editorische Notiz

Die französische Ausgabe von *Hochzeit des Lichts* erschien 1938 unter dem Titel *Noces*. Deutsche Übersetzung von Peter Gan, 1954.

Ergänzende Übersetzungen aus dem Französischen für diese Ausgabe: S. 24 (Fußnote), S. 28 (Z. 18–24), S. 33f. (Anmerkung) von Helge-Lisa Engelhardt (nach der französischen Ausgabe *Noces suivi de L'été*, Collection folio. Éditions Gallimard 1959, 1987).

Die Essays entstanden in den Jahren 1936–1937.

Die französische Ausgabe von *Heimkehr nach Tipasa* erschien 1954 unter dem Titel *L'été*. Im Einzelnen: *Minotaurus (Le minotaure ou la halte d'Oran):* L'Arche 1946; *Prometheus in der Hölle (Prométhée aux Enfers):* Palimugre 1947; Helenas Exil *(L'exil d'Hélène):* Permanente de la Grèce 1948. Deutsche Übersetzung von Monique Lang, 1957. Die Übersetzung wurde für diese Ausgabe überarbeitet von Helge-Lisa Engelhardt.

Entstehungsdaten der einzelnen Essays: *Minotaurus (Le minotaure ou la halte d'Oran):* 1939; *Die Mandelbäume (Les amandiers):* 1940; *Prometheus in der Hölle (Prométhée aux Enfers):* 1946;

Kleiner Führer durch Städte ohne Vergangenheit (Petit guide pour des villes sans passé): 1947; *Helenas Exil (L'exil d'Hélène):* 1948; *Das Rätsel (L'énigme):* 1950; *Heimkehr nach Tipasa (Retour à Tipasa):* 1952; *Das Meer. Bordtagebuch (La mer au plus près. Journal de bord):* 1953; dem Text liegen Aufzeichnungen zugrunde, die Camus sich während seiner Reise nach Südamerika im Juni 1949 gemacht hatte. Diese sind enthalten in: Albert Camus, *Reisetagebücher.* Hg. und mit einer Einführung von Roger Quilliot. Dt. von Guido G. Meister, Reinbek b. Hamburg, Rowohlt 1980, S. 45 ff.

Algerien im Werk von Albert Camus

1. Romane und Erzählungen

Der glückliche Tod (La mort heureuse). Entstanden vor 1940. Posthum erschienen 1970. – Deutsch von Eva Rechel-Mertens, Rowohlt, Reinbek bei Hamburg, 1972. – Neuausgabe im Taschenbuch: rororo, Reinbek bei Hamburg, 1997.

Der Fremde (L'étranger). Beendet Mai 1940. Erschienen 1942. – Deutsch von Georg Goyert, Rauch, Boppard, 1948. Neuausgabe im Taschenbuch: Deutsch von Uli Aumüller, rororo, Reinbek bei Hamburg, 2010.

Die Pest (La peste. Chronique). Erschienen 1947. – Deutsch von Guido G. Meister, Rauch, Boppard, 1949. – Neuausgabe im Taschenbuch: Deutsch von Uli Aumüller, rororo, Reinbek bei Hamburg, 2010.

2. Essays und Tagebücher

Licht und Schatten (L'envers et l'endroit). Geschrieben 1935–1936. Erschienen 1937. – Deutsch von Guido G. Meister, Rowohlt, Hamburg, 1959

(In: *Literarische Essays*). Neuausgabe im Taschenbuch: rororo, Reinbek bei Hamburg, 2005 (In: *Kleine Prosa*).

Der Mythos von Sisyphos (Le mythe de Sisyphe). Beendet Februar 1941. Erschienen 1942. – Deutsch von Hans Georg Brenner und Wolfdietrich Rasch (Untertitel: *Ein Versuch über das Absurde*), Rauch, Boppard, 1950. – Neuausgabe im Taschenbuch: *Der Mythos des Sisyphos,* Deutsch von Vincent von Wroblewsky, rororo, Reinbek bei Hamburg, 2000.

Fragen der Zeit. Essays. Darin: Fünf Texte zur politischen Situation Algeriens. Entstanden zwischen 1955 und 1958. – Deutsch von Guido G. Meister, Rowohlt, Reinbek bei Hamburg, 1960. Neuausgabe im Taschenbuch: rororo, Reinbek bei Hamburg, 1997.

Tagebücher 1935–1951 (Carnets I et II). – Deutsch von Guido G. Meister, Rowohlt, Reinbek bei Hamburg, 1972. Neuausgabe im Taschenbuch: rororo, Reinbek bei Hamburg, 1997.

Biografische Notiz

Albert Camus, am 7. November 1913 in Mondovi (Algerien) als Sohn eines Landarbeiters geboren. Studierte Philosophie, vorübergehend Mitglied der KP. Gründete 1935 eine Theatergruppe, war Schauspieler und Journalist. 1938–1940 Mitarbeiter des *Alger Républicain* und *Paris-Soir.* 1941 Lehrer in Oran. Schloss sich 1942 der französischen Résistance an. 1943 Mitbegründer der illegalen Zeitung *Combat,* 1944–1947 Chefredakteur. Gleichzeitig Verlagslektor bei *Gallimard.* Reisen in die USA (1946) und Südamerika (1949). Bruch mit Sartre im Zusammenhang mit dem Erscheinen des philosophischen Essays *Der Mensch in der Revolte.* 1954 Ausbruch des Algerienkriegs. 1956 Reise nach Algerien. 1957 Nobelpreis für Literatur. Verunglückte tödlich bei einem Autounfall am 4. Januar 1960.

Hochzeit des Lichts

Die französische Originalausgabe erschien unter dem Titel *Noces;*
Heimkehr nach Tipasa

Die französische Originalausgabe erschien unter dem Titel *L'Eté;*

Aus dem Französischen
von Peter Gan und Monique Lang
Umschlag: Max Bartholl,
b3K Hamburg–Frankfurt a. M.
Umschlagmotiv: Catherine et Jean Camus,
Fonds Albert Camus, Bibliothèque Méjanes,
Aix-en-Provence, Droits réservés
Satz: Wilfried Schmidberger, Nördlingen
Druck und Bindung: CPI Clausen & Bosse, Leck
Printed in Germany
ISBN 978-3-7160-2634-4

www.arche-verlag.com

ARCHE
PARADIES
Herausgegeben
von Denis Scheck

Autoren aus aller Welt erzählen vom Sinn der Sinnlichkeit:

Herman Bang, Richard F. Burton, Albert Camus, Anthony Capella, T Cooper, Liane Dirks, Stephen Elliot, Idwal Jones, Joachim Kersten, Klaus Mann, Fritz J. Raddatz, Jürgen Ritte, Friedrich Sieburg, Ilija Trojanow, David Foster Wallace

ISBN 978-3-7160-2609-0

ISBN 978-3-7160-2607-6

ISBN 978-3-7160-2625-0

ISBN 978-3-7160-2608-3

ISBN 978-3-7160-2637-3

»Ich verspreche Ihnen: eine Bibliothek der Sinne – Geschichten von Suppenkaspern und Erbsenzählern, Vielfraßen und Großkotzen, Nimmersatts und Hungerleidern, Gierschlünden und Kostverächtern … und dem einen oder anderen Schluckspecht.«

Denis Scheck

ISBN 978-3-7160-2626-7

ISBN 978-3-7160-2636-6

ISBN 978-3-7160-2624-3

ISBN 978-3-7160-2633-5

ISBN 978-3-7160-2611-3